# LE DERNIER VOYAGE

Bruno POISSONNIER

# LE DERNIER VOYAGE

*SUITES*
Éditions Métailié
5, rue de Savoie, 75006 Paris
www.editions-metailie.com
2008

ISBN : 978-2-86424-642-8
ISSN : 1281-5667

# 1

Tout le jour un ciel blanc et lourd avait pesé sur la ville, la pressant comme une vendange. Le fleuve s'en écoulait, lentement, dans un air immobile et poisseux qui gommait les rides des courants et des remous, engluait la masse des péniches agglutinées dans la courbe. Derrière elle, l'horizon s'encombrait de noir, un noir de schiste que de temps à autre griffait un éclair. Seul s'y découpait encore, émergeant de la masse des ardoises qui s'y confondaient, le clocher clair de l'église Saint-Maclou.

Un chaland glissa vers l'Oise et sa trompe pleura deux fois, répercutant des échos mélancoliques.

Sur le quai déserté, un gros homme, chargé de sacs, de paniers et de paquets, tempêtait contre un chien qui lui avait entouré les jambes avec sa laisse de ficelle.

L'homme déposa ses courses, délicatement pour ne pas cogner les bouteilles, et des sacs s'effondrèrent, libérant des conserves et des paquets de pâtes. Il se dégagea de la ficelle, menaçant l'animal d'épouvantables représailles puis, courbant un ventre lourd que retenaient à grand-peine de larges bretelles, les jambes écartées, il râtela les pavés de ses grandes mains, ramassant ses provisions, fulminant toujours contre le chien. Guère impressionné, le quadrupède, un bâtard boudiné et grisonnant, s'était assis à deux pas, les yeux plissés, l'air sournois, s'égouttant de toute sa langue.

Le maître, qui transpirait lui aussi, la figure rougie entre d'épais favoris gris, se redressa en soufflant, tous les sacs suspendus à ses doigts, et repartit, traînant le chien derrière lui.

– Alors Raymond, c'est le départ ?

D'une péniche* voisine, un petit homme blanchi, vêtu de bleu, grêle sous une grande casquette, venait de héler l'homme au chien.

– Comme tu le vois.

– Tu passes par le Centre...

– Oui parce que le Marne à la Saône n'est pas rouvert.

– Ça fait un beau voyage...

– Ouais, comme tu dis, un beau voyage.

– Alors bonne route, Raymond, et à la prochaine !

– Merci Jacques, à la prochaine.

Ils s'éloignèrent, précédés par leurs ombres qui s'allongeaient sur le quai. L'homme grommelait à voix basse pour le chien :

– T'as entendu, le Cid ? L'était même pas à la Bourse ce matin et déjà il est au courant.

Ils remontèrent le long des péniches amarrées, accolées les unes aux autres, pittoresque village flottant, presque pimpant, tout hérissé de mats, d'antennes, de tuyaux de poêle, de fanions et de linge séchant au-dessus des écoutilles.

---

* Un glossaire figure en fin d'ouvrage.

Ces centaines de bateaux alignés, si souvent photographiés, si fréquemment peints, que l'on retrouvait par milliers sur les cartes postales des boutiques de la ville, lui laissaient une impression pénible, un goût de cendre, la sensation amère d'une gueule de bois. Il savait que leur prochain voyage serait leur dernier, celui qui les mènerait au chantier de déchirage, une fois leurs propriétaires morts ou internés.

Il ressentait la tristesse de ces vies autrefois vagabondes, il devinait les trajectoires suspendues de toutes ces existences singulières qui se finissaient ici discrètement, silencieusement, comme celles des coques qui les abritaient et que rongeait la rouille, invisible sous le chevelu des algues qui y prospéraient.

Il était toujours soulagé de quitter cette escale, bien qu'il y fréquentât bon nombre de collègues, d'amis et même de parents, débarqués ou amarrés définitivement. Il fuyait ce qu'il appelait les cimetières d'éléphants, ces concentrations de bateaux devenus immobiles qu'abritent les cités batelières.

Raymond avait soixante-sept ans et naviguait depuis soixante-sept années. Sa modeste retraite, comme nombre de petits artisans bateliers, lui interdisait d'ajouter un loyer à ses dépenses annuelles et le condamnait donc à résider sur son trente-huit mètres. Il n'en était nullement chagrin, tant que celui-ci demeurerait en activité. “Un bateau à quai, c'est une pendule arrêtée”, disait-il souvent.

Depuis la mort de sa femme – cela ferait cinq ans en novembre –, il n'avait plus entrepris de grands voyages, préférant rester dans le bassin de la Seine pour de petits transports: du "brouettage", comme se moquaient des camarades arrêtés.

Il n'en avait cure, satisfait d'être, lui, toujours naviguant, arrondissant sa pension par ces appoints, continuant sa vie nomade et autonome.

Son bateau, le *Gueule d'amour*, était un superbe "cul-de-poule" des années 30, aux belles lignes courbes, au nez formé, et dont l'état du fond et du moteur se satisfaisaient bien de ces voyages tranquilles. Il n'avait pas d'économies suffisantes pour refaire l'un ou l'autre, ne réussissant qu'à en assurer l'entretien courant. Investir dans autre chose que de la peinture, du vernis et du goudron, de l'huile et de la graisse, était exclu.

Par contre ce qui se voyait du *Gueule d'amour* avait fière allure: le bateau était toujours propre et si le moteur fumait noir, les peintures étaient impeccables et les hublots de la dunette brillaient comme de l'or.

Alors, que faisait donc Raymond dit "le Rouge" chargé comme un baudet, dans ce jour d'étuve, à préparer un voyage de plusieurs semaines qui devait l'emmener jusqu'en Provence?

Pourquoi n'avait-il pas attendu un transport de sable ou de déblais, qui se fait en une journée ou deux, comme il en sort fréquemment à la Bourse de Conflans? Pourquoi s'était-il engagé dans cette folie?

# 2

En soupirant, il se remémorait les événements de la matinée.

Elle avait pourtant bien commencé. Tiennot, son copain du *Lolita,* en escale lui aussi à Conflans, était venu le chercher pour aller à la Bourse et ils avaient retrouvé quelques connaissances au bistrot d'à côté. L'ambiance avait été chaleureuse, cette ambiance particulière aux assemblées de nomades, cette fraternité des bords de puits qui abolit les distances, et Raymond en avait oublié ses peines et son âge. Le vin blanc, il est vrai, l'avait sans doute un peu aidé.

Accompagné de ses amis, il avait ensuite rejoint le bureau d'affrètement où, quand ce fut au tour du *Gueule d'amour* de parler, il vit, proposés au tableau, deux transports d'engrais pour Arles.

Ce fret, il y avait quelque temps qu'il s'en parlait, sur les quais, dans les bistrots et au fond des cabines. On savait qu'un industriel de la région parisienne, qui jusque-là confiait au train l'acheminement de ses produits, avait été démarché avec assiduité par des agents des Voies navigables de France pour le convaincre de l'intérêt du transport par eau. Il venait donc d'accepter de faire une expérience avec un petit tonnage : cinq cents tonnes qui ne mobiliseraient que deux bateaux.

Le règlement incontournable du tour de rôle, mis en place par les bateliers eux-mêmes pour se protéger des spéculations des affréteurs et des courtiers, stipule que les bateaux choisissent leurs voyages parmi les transports proposés en fonction de leur ordre d'inscription au bureau, correspondant à leur ordre de déchargement au port.

Derrière le *Gueule d'amour* étaient "inscrits en tour" les bateaux *Hollywood* et *Hawaï*, propriétés respectives de deux frères qui visiblement souhaitaient chacun un de ces voyages. Cela était dans l'ordre pour le bateau *Hollywood*, mais pour l'*Hawaï*, cela dépendait du marinier du *Gueule d'amour*, de sa volonté de prendre le voyage ou de le laisser au tableau. C'était là toute la logique et la philosophie du tour de rôle.

Pourtant, Raymond les entendait en discuter les modalités avec le délégué des VNF comme s'il était acquis que les voyages étaient pour eux. Ce dernier voyait d'un bon œil que les deux frères, possédant des bateaux modernes et bien équipés, et qui étaient connus pour leur sérieux, réalisent ce premier voyage dont dépendait un tonnage conséquent pour l'ensemble de la voie d'eau.

Cela ne semblait choquer personne, chacun sachant aussi que le *Gueule d'amour*, depuis des années, ne prenait plus que des petits voyages.

Seulement, pour faire rire sans doute, une voix s'éleva des bancs, une voix que Raymond ne reconnut pas et qui lançait :

– Eh *Gueule d'amour* ! Ça ne te tente donc pas d'aller en Arles ?

Et le fait est que beaucoup rirent.

Le frère aîné, du bateau *Hawaï*, celui qui était en troisième position, rit fort lui aussi. Un peu trop fort pour le goût de Raymond.

Ces jeunes étaient des enfants de bateliers aisés, qu'à leur majorité les parents avaient établis en payant à chacun un bateau récent, splendides constructions flamandes, bien équipées et bien motorisées.

La carrière de Raymond s'était déroulée nettement moins facilement.

Fils de bateliers salariés, ayant démarré comme employé chez Citerna, Raymond avait épousé Yvonne, fille de bateliers travaillant pour la compagnie HPLM. Ensemble, après leur mariage, ils s'étaient embauchés comme "contremaîtres à la part" sur un bateau appartenant à une famille de riches mariniers, ayant pignon sur port.

Il ne s'agissait pas de la famille des jeunes en question, mais il se souvenait sans plaisir de cette époque et des relations difficiles entre eux et les propriétaires avec qui ils partageaient les bénéfices de leurs voyages.

À force de travail, d'heures supplémentaires, de voyages risqués, et de chance aussi, ils avaient réussi à quitter cette galère en achetant le *Gueule d'amour*, qui s'appelait encore le *Fernande*.

Il leur sembla que leur vie commençait seulement…

De cette époque difficile, Raymond gardait la fierté de s'être débrouillé seul. Et une hypersensibilité sociale.

Ce jeune grassouillet qui s'arrogeait son voyage, qui riait de toutes ses dents de lait à l'idée que Raymond puisse descendre en Provence, lui devint tout à coup extrêmement déplaisant.

Était-ce aussi la présence de son ami Tiennot à qui il avait à cœur de prouver que son amitié était bien placée, toujours est-il qu'il se leva et d'une voix tonnante qui remplit toute la Bourse, il lança :

– *Gueule d'amour* ! Je prends un des voyages pour Arles.

Raymond se souvenait surtout du brouhaha qui s'ensuivit, de la pagaille aussi, des tentatives de conciliation pour qu'il abandonne son idée :

– Place aux jeunes, Raymond ! T'as fait ton temps !

De l'intervention maladroite du fonctionnaire des VNF, qui le buta encore davantage dans sa décision :

– Soyez raisonnable : à transport nouveau, il faut du matériel et du sang neufs !

Puis des longues engueulades, des défis jetés comme des gants :

– Même sans radar, même avec deux cents chevaux de moins, je serai encore devant toi à Arles !

Des menaces aussi :

– Si tu prends ce voyage, tu le regretteras comme t'as pas idée !

Puis les copains qui l'entourent – tiens, pas si nombreux qu'il le croyait, les copains – et puis il revoit le nom : *Gueule d'amour* inscrit face à “Arles”, qui l'euphorise du rappel de toute sa vie de batelier, des longs voyages qu'ils faisaient alors avec Yvonne, de la mer du Nord à la grande bleue, de la Seine au Rhin, de

Rotterdam à Duisburg, de Rouen à Nancy, d'Anvers à Sète.

Maintenant que l'excitation s'était évanouie, comme s'étaient évaporées les vapeurs du vin blanc, comme s'en étaient allés les amis, chacun à son bord, Raymond restait seul avec sa bêtise et avec le Cid, avec les sacs de bouffe qui lui sciaient les doigts, avec son pari stupide et leurs cent trente ans, à lui et à son bateau, pour le gagner.

Péteux, il faisait le tour de son obstination, bloc lisse et sans faille, se doutant bien au fond de lui que les jeunes n'avaient pas tort mais sachant qu'il ne reviendrait pas en arrière, surtout en public.

Alors il serrait les dents, rassemblait toutes les forces dont il disposait, réalisa qu'elles prenaient racines essentiellement dans son orgueil, et aussi un peu dans l'ivresse d'un grand voyage à nouveau, comme une perfusion de vie qui lui aurait été offerte et à laquelle il ne croyait plus.

Le *Gueule d'amour* était amarré en quatrième position, tout en bout du quai, à couple du *Pajo,* du *Roule ma poule* et de l'*Ouragan.*

Raymond et le Cid se hissèrent à bord du premier trente-huit mètres et rejoignirent le leur en passant par l'avant pour respecter au plus l'intimité des collègues. Mais celui de l'*Ouragan* sortit au-devant d'eux et, à son air finaud, Raymond comprit que, même s'il n'avait pas été présent ce matin à la Bourse, lui aussi était au courant, pour le voyage en Arles.

– Salut le Rouge ! T'as fait le plein on dirait ? lança le marinier en désignant les poches de vivres. Tu t'en vas donc pour longtemps ?

– Non, répondit Raymond faussement modeste, dans une paire de mois au plus j'suis de retour.

L'autre siffla avec ostentation, et hypocritement demanda :

– Et on pourrait savoir où tu t'en vas comme ça ?

– Pas de problème, répondit Raymond en continuant de regagner son bord, j'vais à Lourdes !

– À Lourdes ? Quoi y foutre ? demanda l'autre qui connaissait la réputation du Rouge.

– Deux cents tonnes de cierges à livrer ! répondit Raymond en enjambant sa bordaille.

– Comment qu'tu vas y aller ? questionna imprudemment le marinier retraité.

– Comment veux-tu que j'y aille ! Avec un miracle bien sûr !

Et Raymond regagna son logement où il s'affaissa sur une chaise, abandonnant les sacs qui se soulagèrent sur le vernis du plancher. Une douleur comme un point de côté lui entaillait la poitrine.

Les panneaux d'acajou, eux aussi vernis et revernis, luisaient comme des miroirs, lui renvoyant, déformée, l'image d'un ouvrier, gros, vieux et négligé. Elle paraissait insolite dans ce décor cosy, dans cette harmonie très art-déco de cuivre et de bois précieux astiqués jusqu'à la manie.

Un plafonnier de pâte de verre cerclé de laiton diffusait une lumière ambrée, laissant se refléter dans un plafond rouge sombre miroitant comme une laque chinoise des meubles encastrés veinés de citronnier et couverts de marbre, une cheminée sculptée, elle aussi de marbre rose et dont la tablette, comme celles des placards, se bordait d'une barre de cuivre courant sur de petits balustres de laiton massif.

Une table en palissandre où s'ennuyaient des bibelots s'opposait aux portes des chambres, coulissantes, où le nom de *Fernande,* première devise du *Gueule d'amour,* s'inscrivait en marqueterie de plomb au cœur de vitraux colorés. Les vitrages des fenêtres, délicatement cintrées, étaient biseautés et deux hublots de bronze aéraient les alcôves, brillant comme des soleils.

L'orage avait endeuillé les trois quarts du ciel et un vent fou galopait à présent en tous sens, mordant les arbres sur les rives, leur arrachant des gueulées de feuillage qu'il crachait ensuite sur le fleuve, sur les quais et sur les bateaux amarrés qui tanguaient sous les bourrasques.

Au tonnerre, aux gifles des vagues et aux ronflements du vent s'ajoutèrent les grincements des câbles, les heurts et les télescopages des coques entre elles, les secousses des panneaux d'écoutilles sur les hiloires. Les mats dansèrent un sabbat hystérique, dans le cliquettement des drisses et le faséyement des drapeaux.

Raymond dut allumer la lumière pour ranger ses provisions.

Le *Gueule d'amour* se balançait sous les rafales. La pluie vint d'un coup, serrée, résolue, énorme. Alors seulement se desserra la tension qui tenait la ville, libérant les bêtes et les hommes, évacuant l'électricité statique qui gorgeait les bateaux de fer. L'air devint frais à boire, les échines se déplièrent, les humeurs s'apaisèrent. La douleur quitta doucement Raymond et le Cid cessa de trembler à chaque éclair.

L'averse fouetta le port pendant une heure, une heure inondée de bruits d'eau et de vent, une heure de douche collective et salutaire.

Le soleil revint pour son coucher, libérant une lumière lavée, pure, dans laquelle les bateaux luisants paraissaient neufs, sur un fleuve où chaque vague s'irisait, où les pavés retrouvaient leur couleur d'enfance.

Raymond dit le Rouge, ayant terminé son rangement, s'apprêtait à descendre dans sa salle des machines quand le soleil caressa le fleuve, l'inondant de la lumière des crépuscules d'après pluie. Il s'arrêta, émerveillé, convaincu de nouveau qu'il pratiquait un des plus beaux métiers du monde.

L'envie de naviguer lui sautait à nouveau dans les bras, le désir des grands voyages en chassait la peur, ses années de trop se refondaient dans un cœur redevenu jeune pour cent ans.

# 3

Dans sa machine, Raymond, en sifflotant, calcula ses besoins en graisse, filtres divers, huile, tresse, etc. Demain à la première heure il irait faire du fuel et achèterait ce qui lui manquait. Il retrouvait intacte, sans qu'elle ait pris une ride, l'atmosphère particulière des veilles de grand départ, la pression légère et agréable qui s'installe près du cœur et qui fait que le voyage commence bien avant les premiers tours d'hélice.

Il vidangea son moteur et, pendant que l'huile s'égouttait, une pompe à graisse à la main, avec des attentions maternelles, il fit le tour des graisseurs, des roulements, des paliers, des engrenages, de tout ce qui tourne, frotte ou grince.

Puis il ouvrit le gros livre couvert de tissu, dans lequel il avait toujours noté ses voyages, pour calculer la meilleure route et le temps nécessaire pour atteindre Arles. Il y était attendu pour avant la mi-août, ce qui ne laissait que seize jours pour faire le trajet. C'était assez, mais il ne faudrait pas traîner.

Il n'était venu chercher que des chiffres pour ses calculs et voilà que du gros cahier lui sautaient au visage des souvenirs, des anecdotes, des rappels tendres et épiques. Il tenait là, suggérés par des phrases simples et quelques chiffres, les mémoires du *Gueule d'amour*. Les trente dernières années de sa vie s'y résumaient entièrement.

Il avait chaussé ses lunettes de lecture et s'était appuyé contre l'établi, sous la lumière circonspecte du plafonnier : il lui suffisait de lire "30.8.1970, La Ferté-Rouen, 245 t de colza" pour retrouver exactement le fleuve comme il était ce jour-là, limoneux et musclé, filant sous des nuages lourds qui remontaient de la mer, pour qu'il revoie Yvonne, silencieuse derrière son invariable tablier à carreaux, et son garçon, triste, les yeux dans un livre.

Il déborda des voyages qu'il devait consulter, se prit à lire avec boulimie tout le cahier : sous ses gros doigts qui tremblaient, c'étaient maintenant comme des photographies qui défilaient. Il revoyait Yvonne, à l'époque où elle était encore heureuse, Yvonne qui aimait tant la Marne, Yvonne qui dansait si bien, qui avait été élue Ondine de la Batellerie l'année d'avant leurs noces, Yvonne et son grand rire, et sa queue de cheval qui lui balayait les épaules.

Longueil-Dunkerque, une date, et ses yeux se mouillèrent pour la naissance de leur Maurice, à Compiègne, au bateau, comme il se devait.

D'autres événements, gais ou douloureux, surgissaient des dates et des lieux, ressuscitant des sentiments dérobés, des émotions furtives, des peines oubliées, passagers clandestins de cette machine à remonter le temps.

Il remonta lourdement, nauséeux. Plus que jamais il se sentait le survivant solitaire, l'habitant délaissé du

*Gueule d'amour,* attendant sans joie que son dernier voyage s'affiche au "bureau de tour" de la vie.

Le crépuscule achevait de délayer son encre dans le fleuve où fuyaient au loin les feux d'un cargo en route vers l'océan.

Des odeurs fraîches de pierre mouillée et de verdure froissée coulaient avec le courant. Raymond les inhala avec soulagement. Elles le ramenaient en douceur vers le présent. Un engoulevent le frôla, effectuant une culbute pour gober un moustique. Des lumières commençaient à moucheter les bateaux qui dansaient mollement sur les derniers remous.

Il s'éveilla avant la sonnerie du réveil d'un sommeil sans rêves, qui le laissait lourd de ses fatigues. L'aube avait fini de chasser la nuit, sauf dans quelques recoins où elle résistait encore. La rumeur de la ville rampait déjà sur le fleuve qui fumait blanc. Un soleil pâle traînait la patte dans un coin du ciel, allumant à peine la pointe du clocher.

Pendant que son café se faisait, Raymond descendit démarrer le moteur. Il vérifia les niveaux, prépara les cigarettes qu'il introduisit au-dessus des cylindres, cala le lourd volant et ouvrit l'arrivée d'air. Le moteur siffla, gémit, cogna puis lentement s'ébranla. Raymond coupa l'air, laissa se recharger la bouteille et huila consciencieusement les culbuteurs.

Une petite flaque d'huile qui se formait sous un tuyau le fit se baisser en grognant. Il entreprit alors d'enrouler du chatterton là où lui semblait être la fuite. Il se releva en gémissant. Ses articulations devenaient de plus en plus raides et douloureuses. Le souffle court de s'être courbé, il remonta l'échelle et dut s'y s'arrêter une fois pour reprendre sa respiration.

Il déjeuna le temps que le moteur soit chaud, d'un bol de café noir et de sablés hollandais, qu'il partageait avec le chien.

Puis il enleva les cordes et traversa pour le gasoil.

– C'est-y vrai que tu t'en vas dans le Sud ? demanda le gérant de la station en lui passant le tuyau.

– Ouais, c'est vrai ; à mon âge on a besoin de soleil, à cause des rhumatismes.

– T'en prends combien ?

– Du soleil ?

– Non, du fuel.

– Tu me mets huit cents litres dans celle-ci et autant dans l'autre. Et puis on remplira la journalière aussi.

– Paraît que le William de l'*Hawaï*, il est pas bien content...

– Paraît...

– Il dit que le tour de rôle c'est une connerie, et que de toute façon il va arrêter bientôt.

– Qui ça ? Le William ?

– Non le tour...

– M'en fous, je ne serai plus là pour le voir, mais si y'avait pas eu de tour, y'aurait plus de batellerie à l'heure qu'il est.

– Y'en aurait bien tout de même, regarde les gros...

– Des gros et des sociétés sans doute. Mais des artisans, y'en aurait plus, ça c'est sûr. Et même des

William avec des beaux trente-huit mètres, y'en aurait plus non plus.

– T'sais, la société a évolué, faut vivre avec son temps.

– Et ta connerie, elle évolue, elle ? Quand y'aura plus d'artisans, tu feras quoi, toi ? Pompiste dans un supermarché ? Allez, mets ça sur mon compte que je me tire vite, tu vas m'énerver !

– Ben, si ça ne te dérange pas, je préférerais que tu me le règles aujourd'hui...

– Bon sang ! Tu ne me fais plus confiance ?

– Mais si, le Rouge, te chauffe pas ! Mais ça fait une somme, et si tu reviens que dans deux mois...

– Ouais et si je ne revenais pas du tout, hein ? Que j'me trouve bien en bas ? T'as raison ! Doit y avoir moins de cons qu'ici ! Pas difficile !

– Ben tu vois ! Alors tu me règles ton fuel et tes courses, plus ce que tu me dois du mois dernier et tout le monde est content !

Raymond prit le papier que lui tendait le gérant et rentra dans son logement. Il chaussa ses lunettes et ne put retenir une exclamation d'indignation en déchiffrant le montant de ses achats.

Il descendit dans la chambre, sortir de sa cachette la boîte de biscuits bretons dans laquelle avaient toujours été remisées les économies. Ses grosses mains frémissaient quand il l'ouvrit. Il y avait quelques grosses coupures, une liasse de moyennes, des pièces en or et les bijoux d'Yvonne : une croix et des boucles d'oreille. Il compta sept billets, referma la boîte avec difficulté, tellement ses mains s'étaient mises à trembler, la rangea ensuite avec soin et remonta. Son point de côté était revenu, et il dut marcher lentement.

Derrière lui, sur le fleuve, un bateau attendait pour prendre sa place au fuel.

C'était un trente-huit mètres vide, que Raymond reconnut aisément : c'était le *Hollywood.*

Raymond paya, largua ses cordes et prit le courant, négligeant de répondre au "bon voyage !" que lui servit l'avitailleur, ne jetant pas un regard au bateau qui manœuvrait derrière lui.

Appuyé sur la couronne de laiton de son macaron, les épaules lourdes et le cœur chargé, il regardait s'ouvrir la Seine devant la tache jaune et verte du fanion d'étrave.

– Salut Steve, ça va comme tu veux ?

– Salut Marcel ! Comme toi tu veux, puisqu'il me faut faire le plein de fuel.

– Tu as un voyage ? finassa l'avitailleur.

– Ouais, le même que le vieux que tu viens de servir.

– Vous allez faire la route ensemble alors ?

– Sûrement pas ! Ce voyage, j'aurais dû le faire avec mon frère. Sans ce vieux con et le tour de rôle auquel il s'accroche comme une moule à un pieu, on partait tous les deux ! Tu te rends compte ! Un beau voyage, et bien payé. Du fret à venir pour cinquante voyages par an au minimum si on décroche la timbale ! Seulement le client est difficile, il impose des délais. Alors l'autre débris et son DK6 qui fume noir, qu'a près de quatre-vingts balais et toujours pas de radar, il va arriver avec cinq jours de retard, s'il arrive, et le client retournera à ses camions ! Et c'est toute la batellerie qui aura perdu des voyages…

– Sûr qu'il pourrait faire place aux jeunes à son âge.

– Des transports comme celui-ci, le tour de rôle en fait perdre plein chaque année. Les vieux, ils ne comprennent pas que les règles du jeu changent, que le client, il veut avoir affaire à des gens qu'il connaît, en qui il a confiance, et qui ont le matériel adapté.

Steve s'enflammait : son visage mince et qui souriait facilement s'était durci ; du rouge colorait ses oreilles ; la colère embuait ses lunettes et il postillonnait son indignation sur Marcel.

– L'an dernier, c'est un minotier qui se décide à faire appel à la voie d'eau. En tour, il y avait un gougnafier que tu dois connaître. Il n'avait pas nettoyé sa cale ! Quand le minotier a regardé dedans une fois les panneaux ouverts, il a vu que le gars avant avait fait un charbon. Il a refusé de charger et il est retourné à ses camions !

– Le Rouge de ce côté, tu ne peux pas lui reprocher ça. Il est nickel.

– Le problème ne vient pas du Rouge ou d'un autre. Il vient de ce tour de merde. Il a sans doute été nécessaire, mais maintenant il fait plus de mal que de bien. Eh ! Regarde ton compteur, on arrive à deux mille !

Souplement, Steve se coula par l'étroite ouverture machine puis remonta tout aussi vite.

– C'est bon, tu peux envoyer deux mille dans l'autre.

– T'es content de ton moteur ? demanda Marcel, pour faire dévier la conversation.

– Oui, j'avais hésité entre un Scania et un Cummins, mais je ne regrette pas le Cummins. Un peu gourmand peut-être, mais pour toi, ce n'est pas un défaut…

– T'as quatre cents chevaux ?

– Non, pas tout à fait, mais j'ai un bon pas à l'hélice et le bateau va bien.

Et la conversation roula sur la mécanique jusqu'à ce que les cuves soient pleines.

Au moment de payer, ce fut la jeune femme de Steve qui vint dans le bureau, le carnet de chèques à la main, un poupon d'une dizaine de mois à cheval sur la hanche.

– Vous chargez quand ?

– Dans l'après-midi, après le vieux, s'il ne traîne pas. Sinon, lundi matin.

– Ok. Alors bonne route et à la prochaine !

L'après-midi, dans la darse numéro 2 du port de Gennevilliers, les opérations de chargement furent retardées pour, officiellement, des problèmes de maintenance. Seul le *Gueule d'amour* fut fini de charger avant les 17 heures fatidiques du vendredi ; le *Hollywood* devrait attendre le lundi matin suivant.

Raymond n'était pour rien dans ce qui, pour une fois, l'arrangeait formidablement.

– T'as vu, le Cid, la veine qu'on a ? Deux jours d'avance pour notre gueule ! On sera à Arles qu'il ne sera pas sorti du canal ! Il n'en verra seulement pas le cul du *Gueule d'amour !*

# 4

Le trente-huit mètres vira en sortie de port et reprit la Seine. Le moteur fumait plus noir, fatigué par les deux cent cinquante tonnes d'engrais. Mais Raymond était aux anges, heureux de la belle traversée de Paris qui les attendait sous un ciel turquoise où flânaient quelques cumulus.

D'habitude peu enclin à utiliser la radio dont il admettait pourtant l'utilité, il devait se faire violence pour ne pas s'annoncer sans arrêt, à chaque pont, pour le seul plaisir que les ondes colportent à tous ceux qui naviguaient ce jour-là que "le *Gueule d'amour* chargé montant arrive au pont de Suresnes ou à celui d'Iéna !".

Il croisait les mêmes bateaux à passagers qui d'ordinaire l'exaspéraient par leur suffisance et leur vitesse, et répondait joyeusement aux saluts que lui agitaient des dizaines de centaines de Japonais.

Un de ces bateaux-mouches, aux lignes futuristes et vitré comme un autocar, le croisa de si près que des touristes parlant français purent lui demander, à travers le brouhaha des moteurs, où il se rendait. Alors, royal, Raymond dit le Rouge, ouvrant en grand sa porte de marquise, les saluant comme un vicomte leur cria :

– En Arles, messeigneurs !

Et le Cid, installé sur sa serpillière-lit à hauteur du pare-brise, à côté d'un géranium d'où il veillait sur la navigation, s'encaissait sur le crâne des kyrielles de calottes affectueuses, assorties de commentaires joyeux et complices sur la putain de bonne équipe qu'ils faisaient tous les deux.

Ils s'amarrèrent au-dessus de l'écluse de Port-à-l'Anglais, dans un crépuscule plombé qui annonçait l'imminence d'un orage.

– Allez le Cid, on mange vite et au lit ! Demain on dort à Moret et on se mettra à bord du *Cyclope* histoire de faire payer la soupe au père Josian !

Raymond descendit dans sa machine au moment où les premières grosses gouttes s'aplatissaient sur les plats-bords, libérant une odeur chaude de métal mouillé. Il graissa, contrôla, mesura les niveaux et enregistra avec satisfaction que sa réparation avait tenu. Et, joyeusement malgré la pluie battante, il gagna son lit.

Le lendemain fut une journée de rêve…

Un ciel chaotique préservait la campagne des ardeurs du soleil, laissant filtrer une lumière acide qui repeignait en vert printemps les berges, les maïs et la lisière des forêts qui, après Melun, rampent jusqu'au fleuve. Ils croisèrent quelques trente-huit mètres et Raymond, par VHF, eut l'immense satisfaction de parler de son fret pour Arles, l'air de rien, comme si les grands voyages étaient restés son habitude.

La Seine avait forci, conséquence des orages des derniers jours, mais Raymond savait qu'il s'échapperait avant que le courant ne sollicite trop son vieux Baudouin ; par contre, l'*Hollywood*, se réjouissait-il, se prendrait tout le bouillon sur le nez dès lundi, la météo annonçant encore de grosses précipitations pour le dimanche.

Il arriva à Saint-Mammès en même temps que crevait le gros orage qui, depuis Melun, bourgeonnait sur l'horizon. La pluie serrée claquemurait tous les badauds chez eux, le vent et le tonnerre étouffaient le bruit de son moteur. Si bien qu'à sa grande déception, le *Gueule d'amour* passa inaperçu auprès des trente-huit mètres amarrés qui, comme à Conflans, abritaient nombre de connaissances. Cela faisait dix ans au moins qu'il n'était pas venu par ici et il dévorait des yeux les péniches pelotonnées le long du quai, s'exclamant quand il reconnaissait un nouveau venu, commentant au Cid, qui l'écoutait en bâillant éperdument, l'histoire du bateau et de ses occupants.

Ils remontèrent le Loing jusqu'à Moret où ils vinrent se mettre à bord du *Cyclope* près de l'écluse 19, départ du canal qu'ils emprunteraient le lendemain à la première heure.

Malgré la pluie, un homme sortit prendre les cordes. Un homme âgé, vêtu de bleu, une casquette noire sur une couronne de cheveux blancs ; il levait sans arrêt un bras, dans un geste d'accueil et de salut, et riait de toutes ses dents absentes.

– Sacré Raymond !

– Sacré Josian ! Fait pas beau chez toi !

– Ça pourrait être pire s'il venait à pleuvoir, plaisanta Josian, les lunettes constellées de gouttes d'eau.

– Que racontes-tu de beau ? demanda Raymond, brûlant de lui dire, pour Arles.

– Oh, pas grand-chose, sauf que je ne t'attendais que demain.

– Comment ça, tu m'attendais ?

– J'ai appris que tu descendais dans le Sud et comme le canal d'Heuilley est fermé je m'attendais bien à te voir.

Toute la journée, Raymond avait réfléchi à la manière d'annoncer à son copain son aventure pour Arles, afin de jouir le maximum de temps de sa surprise ; il en avait particulièrement travaillé la chute, où il était prévu qu'il lâcherait, sérieux :

– Je descends m'établir dans le Sud, j'ai une maîtresse en Arles.

Plusieurs fois il avait changé de scénario, pour revenir à celui-ci qu'il trouvait le plus spirituel. Et soudain il se trouvait bête, ses effets éventés, devant Josian qui rajoutait :

– Par Rose, j'étais un peu parent avec les N…, et j'ai su par des connaissances à eux que tu avais piqué un voyage à leurs fils.

– Piqué ! Nom de Dieu ! Parce que j'étais en tour devant eux ! Voilà tout ce que j'ai piqué ! Y'a donc plus que les riches qui comptent ! C'est pour ça qu'on a fait grève Josian ? C'est pour ça qu'on s'est fait charger par les mobiles ? Hein, qu'est-ce t'en dis ? Pour que des merdeux s'assoient sur le tour de rôle ?

– T'agite pas, Raymond ! Tu sais bien que je vois les choses comme toi ! Sans le tour de rôle, nous autres on aurait crevé de misère : il n'y en aurait eu que pour les forts. Et nous, on se serait contenté de la merde et bien heureux s'il y en avait eu assez.

Les deux vieux bateliers se faisaient face, chacun sur le plat-bord de son bateau, dégoulinant de pluie et d'indignation partagée. Dans les marquises côte à côte, deux chiens qu'on aurait pu croire de la même mère tellement ils étaient semblables les regardaient avec une inquiétude navrée.

– Tu manges avec moi ? interrogea Josian.

– J'avais pas prévu, mais si tu m'attendais, tu dois avoir de quoi ? répondit Raymond, avant d'ajouter : j'porte le vin.

Les deux copains se retrouvèrent dans le logement du *Cyclope*. Ils s'étaient épongés et avaient même changé de tricots.

Josian, debout, cuisinait des andouillettes. Il avait gardé sa casquette et ouvert le vin blanc de Raymond. Dans une grande casserole en aluminium, noire de fumée, des pâtes clapotaient. Raymond examinait l'intérieur du logement dans lequel il n'était pas entré depuis plusieurs années, depuis le dernier voyage de Josian qui les avait réunis bord à bord à Château-Thierry. Yvonne était encore là, déjà malade, presque partie.

Il n'avait pas ressenti alors l'impression d'abandon et de tristesse qui l'accablait à présent. L'intérieur du

*Cyclope* était mal rangé. À peine propre. Les vernis avaient cloqué, les cuivres étaient ternes, quasiment verts. Une odeur de pauvreté et de laisser-aller le disputait à celle des andouillettes.

Josian, veuf depuis longtemps, avait pris sa retraite le plus tôt qu'il avait pu, malgré les objurgations de Raymond qui savait le goût de son ami pour la vie de navigation, et s'était installé à Moret-sur-Loing pour être près de ses enfants.

Il avait une fille qui vivait à Saint-Mammès, où elle avait épousé un d'"aterre", et son fils vivait maintenant à Briare. Débarqué lui aussi, il travaillait au canal.

– Tu vois souvent tes enfants ? questionna Raymond.

– Hein ? Que dis-tu ? répondit Josian, tout en se découvrant une tâche urgente qui l'amena à sortir quelques instants.

Raymond sourit, se rappelant l'extrême pudeur du vieux marinier.

Il revint, mouillé, avec des brins de persil dans la main.

– J'ai toujours mon jardin d'herbes à l'avant, souriait-il.

Et Raymond se rappela que Josian, après la mort de sa femme, avait, au fur et à mesure qu'elles crevaient – et Dieu sait que ça crève vite les géraniums, dehors, l'hiver –, remplacé les fleurs qu'elle entretenait par des plantations de ciboulette, de thym, de romarin, d'herbes aromatiques, qu'il installait dans sa marquise dès les premiers froids.

– Et tes petits-enfants ? reprit Raymond.

– J'en ai cinq, répondit Josian doucement. Ils vont bien.

Puis, après un silence qui leur fut pénible, il demanda à son ami :

– Et Maurice ? Tu as des nouvelles ?

– Non, avoua Raymond. Je n'en ai aucune depuis longtemps. Je ne sais même pas où le joindre…

– Les gosses… souffla Josian en haussant une épaule nerveusement, comme un tic. Sers-nous donc un verre rajouta-t-il en désignant du menton la bouteille de chablis qu'avait portée Raymond, ça va être cuit.

Et tandis que son compère s'exécutait, il versa dans leurs assiettes les andouillettes dorées, croustillantes et couvertes de persil.

Ils vidèrent la bouteille en repassant leurs souvenirs de navigation, en entamèrent une autre car ils avaient bien plus d'anecdotes à se rappeler qu'il n'y a de verres dans une bouteille, mais quand Josian sortit celle de mirabelle, Raymond l'arrêta :

– Je l'aime mais tu sais bien qu'il ne m'en faut pas ; et puis demain, je voudrais partir à la première heure.

Puis, soudainement inspiré :

– Tu ne voudrais pas venir avec moi ? Jusqu'à Briare ? Ton gamin te ramènera d'un coup de voiture, ce n'est pas le temps qu'il lui faudra.

– …

– Allez, viens donc, on n'en a pas pour deux jours ! Ça te sortira ! Tu me feras les cordes, et nos cabots n'ont pas fini de tout se raconter…

– Tu sais, j'aime pas gêner, finit par lâcher Josian, l'air buté.

– Mais tu ne me gêneras pas, bien au contraire, c'est moi qui te le propose !

– Je ne pensais pas à toi…

– Ah… Mais ton garçon sera content de te voir ! Et de te savoir naviguer encore !

– J'sais pas…

– C'est tout vu ! Moi je sais ! Allez Josian, départ à 6 heures. T'entendras le moteur !

Une aube glauque et glacée attendait Raymond quand il sortit, juste couvert d'un tricot de corps. Il suffoqua, enveloppé par l'air froid comme dans un drap mouillé. Il se dépêcha de rejoindre la tiédeur de la machine et lança le moteur qui démarra avec facilité. Il s'en frottait les mains, quand il aperçut quelques gouttes d'huile en dessous de sa réparation. Contrarié, il refit quelques tours de chatterton autour du précédent pansement et remonta servir le café. Il en avait fait pour deux mais n'était pas sûr de la présence de son ami.

Quand il remonta, tout était encore éteint dans le logement de Josian. Il attendit cinq longues minutes en grelottant, mais les fenêtres du *Cyclope* restaient noires. Déçu, Raymond poussa sa porte où il fut accueilli par les deux chiens qui se trémoussaient comme si leurs puces étaient devenues folles.

– Qu'est-ce que tu fous là, toi ? demanda-t-il au chien de Josian.

Du fond de la cabine son maître lui répondit :

– Et toi, qu'est-ce que tu foutais ? L'café sera froid !

Un grand sourire réunissait les deux favoris de Raymond qui bégaya :

– J'te guettais dehors, et je me les pelais. Regarde, j'en ai encore la chair de poule !

– De poule ? De vieux dindon tu veux dire ! Bon, ce café, il vient ? Je veux bien te faire le matelot, mais faut que t'assures plus, question intendance.

Ils embouquèrent le canal du Loing dès l'ouverture, à 6 heures. Le fanion du *Gueule d'amour* partageait la surface du canal en deux parties égales, ourlées de joncs et d'arbres alignés, d'où s'envolaient en croassant des silhouettes noires encore lourdes de sommeil.

Au fur et à mesure des écluses, les gestes des compères se faisaient sûrs, les réflexes revenaient, l'œil se nettoyait.

– Y'a une paire d'années que je n'avais plus fait de petites écluses, se réjouissait Raymond après avoir rentré magistralement l'écluse dite des Buttes à Nemours, pas facile à négocier parce que placée dans une courbe.

– T'as un bateau qui va bien, admettait Josian.

– Tiens, prends donc la barre, j'vais te faire le matelot, proposa Raymond à son ami.

Et comme celui-ci hésitait, il l'abandonna en disant :

– J'vais faire un tour.

Et il partit vers l'avant.

Josian fut bien obligé d'attraper le macaron. Et Raymond, planté à côté du fanion, là où ne s'entend plus le moteur, seulement le feulement de l'eau et le déferlement cristallin du remous d'étrave, se disait fermement deux choses. La première, c'était que décidément il faisait un métier formidable ; et la seconde, en considérant les trajectoires que Josian imposait au *Gueule d'amour,* c'était que le pilotage d'un bateau, comme la bicyclette, ça ne se perdait pas.

Pour le faire mentir, Josian frotta un peu dans l'écluse suivante, celle de Chaintreauville. Mal à l'aise, il ne voulait plus reprendre le macaron et il fallut toute la persuasion de Raymond pour qu'il l'acceptât de nouveau. Rapidement, et malgré des pluies orageuses qui à présent se succédaient sans répit, Josian se mit le bateau en main, glissant dans les écluses avec aisance.

Au fil de la journée, Raymond mesurait les transformations que la navigation accomplissait chez son ami. Celui-ci était moins voûté, riait sans cesse, et se laissait même aller à quelques confidences :

– Ne t'arrête pas Raymond, c'est toi qui as raison…

Ou bien :

– Putain ! Ça, c'est vivre…

Ou encore :

– Si j'avais continué, je n'aurais pas moins vu les gosses et j'aurais mieux vécu.

Ils s'arrêtèrent à la fermeture des écluses, à 19 heures.

Ils étaient rompus, moulus, heureux.

Ils avaient revu de vieux éclusiers, des copains et des qu'ils n'aimaient pas beaucoup et qui le leur rendaient bien.

Mais tout ce temps écoulé semblait avoir anesthésié les rancœurs et les inimitiés : dix ans, ça valait prescription. Et ce n'étaient que retrouvailles joyeuses, poignées de main vigoureuses et aussi, surtout vers midi, quelques toasts appuyés portés au canal, à la batellerie, au voyage à Arles, à la pluie qui remplissait les cours d'eau.

Presque gris, ils avaient continué leur voyage qui prit quelquefois la ferveur intime d'un pèlerinage.

Ils n'eurent jamais à attendre, malgré une forte fréquentation de plaisanciers, car les éclusiers respectèrent absolument leur priorité de bateaux de commerce et ils trouvèrent toujours ouvertes les portes des écluses.

Ils dormirent sous Montargis, déjà dans le canal de Briare.

– T'es chez ton fils ! lança Raymond.

Mais Josian ne réagit pas.

Ils s'endormirent tout à fait heureux, avant que le crépuscule ne s'éteigne lentement dans le miroir enfin lisse du canal. De lourds cumulus, en se déchirant sur un ciel que le couchant dorait, offraient à la "Venise du Centre" un horizon himalayen.

Quand, à 5h30 du matin, Raymond, la tête lourde et la bouche pâteuse, descendit "faire sa machine" et démarrer son DK6, il se réjouit deux fois : son moteur partit au quart de tour et la fuite d'huile semblait étanchée.

Le café avalé par les hommes, le halage arrosé par les chiens, le *Gueule d'amour* largua ses cordages et son hélice brassa vigoureusement le canal. Raymond prit le milieu et le fanion claqua gaiement dans une brise fraîche qui, là-haut, rassemblait les nuages égarés de la veille pour les mener paître plus loin, en vallée de Loire.

Ils n'atteignirent que Rogny, ce soir-là, la pression des plaisanciers augmentant à mesure qu'ils approchaient de Briare et de son médiatique pont-canal. À vingt minutes près, ils auraient pu s'engager dans la montée vers le bief de partage, leur dit-on, mais là, c'était trop tard, les écluses étaient fermées et on ne pouvait rien pour eux : les écluses étant automatisées, il était impossible de toucher au réglage.

Ils n'en crurent rien, râlèrent pour le principe, secrètement satisfaits de s'arrêter plus tôt car recrus de fatigue.

Ils eurent du mal à s'amarrer, aucun quai n'étant libre. Ils durent faire se serrer des plaisanciers qui commencèrent par refuser, mais qui se dégonflèrent comme des baudruches à l'ouïr de l'organe vocal de Raymond, conjugué à la menace que le *Gueule d'amour* vienne se coller à leur bord.

Ils avaient vécu une journée semblable en gaieté à celle de la veille et Josian en était devenu presque disert. Pourtant ils avaient aussi abordé des sujets pénibles. Ils avaient évoqué leurs compagnes et leur disparition.

Rose s'était noyée dans la Sambre, sous les yeux de Josian impuissant, un jour d'hiver où le verglas avait rendu dangereuses les veules avant du *Cyclope*.

Raymond parla de la maladie d'Yvonne, de ce crabe insatiable qui l'avait mangée vive, des terribles semaines de la fin, mais garda pour lui le problème que sa femme vivait avec l'alcool. C'était leur secret, que personne, hormis quelques médecins, n'avait vraiment soupçonné.

Il demanda à Josian où travaillait son fils, mais ce dernier répondit ne pas le savoir, ce qui était sans doute vrai car Raymond le voyait se tendre à chaque nouvelle écluse.

La plupart étaient gardées par des étudiants, des vacataires qui préféraient ce travail-là à la cueillette des fruits, moins fatiguant et bien mieux payé. Peu étaient au courant de la priorité accordée aux "commerces" et ils durent attendre plusieurs fois devant des écluses envahies de bateaux de location qui mettaient trois fois le temps nécessaire à un sassement.

Ils furent réveillés plusieurs fois dans leur premier sommeil par les plaisanciers qui firent des grillades jusque tard dans la nuit, buvant beaucoup et parlant haut.

On dit que la vengeance est un plat qui se mange froid ; ils s'en régalèrent même tiède. À 5h30 du matin, ils firent longtemps tourner le moteur puis, mesquinerie suprême et qui les enchanta, ils donnèrent deux longs coups de trompe pour saluer le jour.

Ils ne croisèrent aucun bateau avant Ozouër-sur-Trézée mais leur passage en détacha deux, amarrés à la diable par leurs propriétaires d'une semaine, et cela aussi les réjouit un moment de les voir tournoyer au bout de leur sillage.

L'écluse suivante était tenue par le fils de Josian. C'était un homme petit, dans les quarante-cinq ans, avec un gros ventre. Il portait les cheveux mi-longs réunis en un petit catogan. Il avait les yeux cernés, un regard mauvais et à son oreille droite brillait un anneau d'or.

– Qu'est-ce que tu fous là ? demanda-t-il à son père, avant de saluer Raymond d'un vague hochement de tête.

Josian lui expliquait si mal sa présence sur le *Gueule d'amour* et le service qu'il attendait de lui, que Raymond prétexta un tour de graisseur à donner pour s'éclipser dans la machine. Il y faisait une chaleur de four, mais à choisir il trouvait l'ambiance moins pénible ici qu'en haut. Il eut par contre le déplaisir de constater que sa réparation suintait.

Quand il remonta, suant, cramoisi, la bassinée était pratiquement finie et les portes s'ouvraient. Quand ils passèrent devant le fils avachi sur sa manivelle, ce fut pour l'entendre rappeler à son père d'un ton rogue :

– Sois à la maison pour 15 heures, je te ramènerai, mais pas plus tard.

Il ne salua même pas Raymond. Les mains de Josian tremblaient et il parut soulagé de laisser le macaron à son pote. Ils ne dirent plus grand-chose jusqu'au pont-canal où ils avaient convenu de se séparer. Raymond immobilisa le bateau et aida Josian à descendre. Il lui garda la main dans la sienne, le temps de lui dire :

– T'es bien sûr que tu veux pas venir avec moi jusqu'en Arles ?

Et comme son ami secouait la tête négativement, ses yeux gris subitement mouillés, il rajouta d'une voix qui s'étranglait :

– Ça m'aurait fait plaisir, tu sais... À une autre fois, quand tu veux...

– C'est ça... coupa Josian dans un souffle, à une prochaine et merci encore.

Et Raymond les vit s'éloigner, lui et son chien. Il n'aurait pas su dire lequel des deux avait l'air le plus abattu.

Le Cid couina plaintivement.

Le cœur gros, étonné de toute cette émotion qui voulait le submerger, Raymond embraya et le *Gueule d'amour* se glissa dans le pont, faisant le bonheur de touristes qui le mitraillèrent de leurs appareils photo. Raymond voyait les éclairs des flashs qui partaient de toutes les directions. L'envie lui prit de sortir sur les veules, de baisser son pantalon et de montrer ses fesses.

– La batellerie vous salue bien !

Il se contenta de l'idée qui le dérida un moment, l'aidant à reprendre ses esprits. Il était maintenant sur le Latéral à la Loire et il allait y rester jusqu'à Digoin, soit près de deux cents kilomètres. Il comptait y arriver le vendredi soir suivant.

Josian marchait lentement, sous un soleil redevenu chaud. Ses sabots de caoutchouc, trop grands, claquaient à chaque pas contre ses talons. Le chien le suivait, la truffe dans ses mollets.

Il ne se repérait pas aussi bien qu'il l'avait espéré. Il faut dire qu'il n'était pas venu souvent chez son fils et qu'à chaque fois c'était en voiture. Il prit à gauche vers le bourg en essayant de se remémorer l'adresse. Mais elle semblait prendre un malin plaisir à s'évaporer à chaque fois qu'il croyait la retrouver. C'était un quartier pavillonnaire, il en était sûr, et la rue portait un nom de fleur…

Il marcha quelques centaines de mètres. Ne serait-ce pas plutôt un nom d'oiseau ? Comme colibri ?

Il demanda la rue des Colibris à une femme qui passait. Elle lui dit ne pas connaître. Le clocher au loin sonna la demie de 2 heures. Josian s'affola : son fils lui avait dit de ne pas arriver après 15 heures.

Il s'assit un moment sur un banc, dans une espèce de petit square. Il avait mal aux mollets. Le chien but longuement l'eau d'un petit bassin, affolant les poissons rouges qui tournaient dedans. Devant lui, sur une plaque émaillée, une rue s'annonçait comme étant la rue des Seringas. Et ça lui revint. Il devait demander la rue des Hortensias, et là, trouver la villa Colibri.

Il en était tout près ; une vieille femme lui indiqua le chemin et le complimenta sur son chien. Surpris, il se tourna vers l'animal, présumant d'une soudaine transfiguration. Mais le chien qui le suivait était bien le même, un bâtard boudiné de teckel et de corniaud, au menton blanchi et à la langue démesurée.

Il reconnut la villa et le portail de fer qui fermait la cour. Il appuya timidement sur la sonnette et, n'ayant rien entendu, il appuya de nouveau, plus fort.

– Voilà, voilà ! glapit une voix de femme.

Et sa bru sortit sur le pas de la porte.

– Ah, c'est vous ! Il a pas encore fini !

Et elle rentra chez elle.

Josian s'appuya sur la grille, se mettant le plus qu'il pouvait à l'ombre d'un catalpa chlorotique transplanté là et qui crevait lentement de manque d'eau et de soins. De la maison lui parvenaient des bruits de repas et la rumeur d'un poste de télévision. Une fillette passa en vélo, plusieurs fois, dans la cour, faisant le tour de la maison. Quand il ne la voyait plus, il entendait derrière le bâtiment crisser les roues sur le gravier. Le grand-père reconnut sa petite-fille Samantha. La gosse l'observait à chaque tour, pédalant de ses jambes maigres. Elle avait grandi. Il l'appela, d'abord si timidement qu'elle ne put l'entendre, puis plus fort, accompagnant son appel d'un geste de la main. La gamine se retourna, haussa les épaules et lui tira la langue ; puis elle repartit derrière la villa.

Cinq minutes plus tard, son fils sortit en rotant. Une voix aiguë le rattrapa, criant de lui laisser la Fiat, qu'après tout il n'avait qu'à prendre sa BMW. Il râla, et repartit ouvrir le garage. Il sortit avec application la voiture, referma le local, puis invita son père à le rejoindre.

– Mets ta ceinture, lui dit-il avant d'allumer la radio.

Une heure plus tard, il le déposait à quelques centaines de mètres du bateau :

– Allez, te voilà rendu.

Et, comme Josian le regardait sans répondre, il ajouta :

– Me fais pas faire ça trop souvent, moi je bosse ! J'suis pas à la retraite ! Allez, porte-toi bien quand même.

Josian descendit, salua d'un geste et à pas lents regagna son bateau.

Il ne rentra même pas dans son logement. Il alla vers l'écoutille où se trouvait l'échelle de descente en cale.

Tout était en place depuis longtemps. Il dégagea la corde qu'il avait cachée sur le sommier et fit un nœud coulissant. Le chien gémissait sur le plat-bord. Il lui caressa la tête, les yeux noyés de larmes. Le chien gémit plus fort. Il enleva sa casquette, glissa sa tête frêle dans la boucle de corde, remit sa casquette et d'un coup de rein envoya valser l'échelle.

Il y eut un craquement, le bruit métallique de l'échelle qui tombait, quelques vagues secousses.

Le chien maintenant hurlait à la mort et des passants s'arrêtaient, le regardaient, s'interrogeant les uns les autres.

# 5

Maintenant, le canal traversait une vaste campagne que de loin en loin perçaient des clochers de village, des grosses bâtisses isolées, et où musardaient quelques routes désertes. Quelques engins agricoles bourdonnaient dans les champs.

Était-ce le départ de son copain ? La fatigue ? La combinaison des deux ? Raymond trouvait la route longue, le *Gueule d'amour* lourd, le temps étouffant, la solitude pesante.

Il n'était pas seul pourtant à évoluer sur le canal. Des bateaux de location pataugeaient dans tous les biefs, des "yaques" comme les mariniers appellent tout ce qui navigue mais ne travaille pas.

Une vedette en plastique, dessinée comme un yacht de Méditerranée, venait vers lui en slalomant, cornant comme une possédée.

– Va te faire foutre ! Eh nez d'bœuf ! vociféra le Rouge.

Et pour le cas, comme souvent, où l'équipage croisé n'aurait pas maîtrisé toutes les richesses de la langue française, il sortit son poing velu par la petite fenêtre de marquise, le majeur dressé vers le ciel.

À présent, Raymond répondait de la sorte aux plaisanciers ignorants qui l'invectivaient, lui reprochant de ne pas se serrer pour un croisement plus facile. Au tout début, brave, il avait commencé par vouloir leur expliquer qu'à l'enfoncement d'un mètre quatre-vingts qui était le sien, il n'était sûr – et encore ! – de trouver de l'eau en suffisance qu'au mitan du canal. Mais, pratiquement à chaque fois qu'il était sorti de sa timonerie, il avait récolté des insultes assorties souvent de gestes déplacés auxquels il avait répondu avec vigueur et dans le même langage universel, sorte d'espéranto de la navigation en canal.

Les écluses étaient maintenant automatiques. Il n'y avait plus d'éclusiers à poste pour l'attendre et les machines ne reconnaissaient pas sa priorité d'éclusage. Bien souvent le bassin était occupé, le condamnant à se maintenir à l'arrêt au milieu du canal en attendant la fin des manœuvres.

Une fois dans l'écluse, il n'était pas au bout de ses peines ; il devait se débarquer le long d'une échelle glissante, aller actionner la tirette de début de manœuvre, se rembarquer de nouveau pour surveiller le bateau.

Il mesurait amèrement son âge à l'aune de la fatigue qui l'assourdissait dès le milieu de l'après-midi et aux protestations douloureuses de ses articulations. Qui plus est, il lui semblait progresser avec un temps infini sur ce foutu canal.

Il se retrouvait devoir passer la nuit dans des biefs paumés, loin de villages et de leurs commerces. Ses jambes enflées lui faisaient mal, et Raymond en rendait responsable la chaleur, lourde et poisseuse, qui se coulait dans la vallée entre chaque orage. Le soir, il n'avait pas le courage de faire cuire grand-chose et il picorait donc toute la journée, abusant de charcuterie et de fromage. Le vin l'aidait à supporter le stress de ses journées de solitude, et il craignait d'en abuser. Il pensait à Yvonne qui, insensiblement, avait succombé à ces réconforts commodes, à ces câlins de l'âme, traîtres et vénéneux.

Elle s'était fait cruellement piéger.

Et lui n'avait rien vu, rien compris.

Il avait assisté à ses combats, à ses défaites. Au début il ne voulut pas croire que la volonté était une thérapie insuffisante face au mal qui la tenait. Ému, il repensait à certaines scènes pénibles qu'il lui faisait subir, à ces humiliations qu'elle acceptait tête baissée, déjà convaincue de son indignité, déjà condamnée cent fois par elle-même.

Il y pensait, le cœur lourd, regardant au fond de son verre brasiller le liquide doré qui détenait tant de souffrances en germe derrière ses promesses de joie.

Il avait pris l'habitude de faire sa machine le matin, quand la température était supportable. Il avait constaté que la fuite d'huile s'était aggravée. Il avait donc décidé de faire sonner son réveil plus tôt, afin de tenter une vraie réparation. Il avait fouillé dans ses tabernacles à la recherche d'une chute de durite, ou tout au moins de tuyau. Il bricolerait des colliers en fil de fer et espérait se dépanner.

Ce matin, où le réveil le sommait de sortir de son lit avant l'aube, il se sentait mieux, presque reposé. Ses jambes dormaient encore; il but goulûment cette fraîcheur de lune qui se répandait jusque dans sa couchette. Cela sentait l'eau vive, le cresson, la menthe et le foin coupé. Un rossignol chantait dans les aulnes et son chant donnait du relief à la nuit qui se terminait, et de la paix à l'aurore qui venait.

Il se leva, gai, presque confiant. Dix minutes plus tard, il chantonnait en se rasant, le café balbutiait dans la cafetière et le Cid se grattait passionnément sur le paillasson, devant la porte.

Deux cent cinquante tonnes d'un engrais particulier reposaient à côté. Dans le canal, mais au sec. Elles avaient vu le jour à Levallois et seraient épandues en Camargue. En attendant de faire verdir le riz, discrètes, elles traversaient la France, enfouies dans la panse du *Gueule d'amour.*

Quand il se rasait, ou en général quand il rêvassait, Raymond était souvent visité par ce genre de pensées. Il ne les retenait jamais. Elles lui semblaient ridicules. Enfant, il se passionnait pour certains transports. Il les animait, leur prêtait vie et sentiments. Une fois, il avait "sauvé" une betterave parmi les milliers de betteraves destinées à la sucrerie, une betterave qui avait une bonne tête, qu'il avait subtilisée un soir d'étape et plantée derrière un buisson. Pendant des années, et même encore maintenant s'il venait à y passer, il retrouverait le bosquet avec émotion.

Aujourd'hui, il tenterait plutôt d'orienter ses réflexions vers la fuite d'huile et les bouts de tuyaux qu'il avait récupérés pour sa réparation. Il décida qu'il devait se dépêcher, se brûla avec le café et sortit en même temps que l'aube, du savon à barbe dans les oreilles.

Le bricolage n'était pas fameux, mais pouvait tenir. Il en avait réalisé de plus audacieux dans sa longue carrière, mais c'était l'accessibilité qui lui avait posé problème. À genoux, plié en deux, tortillant son fil de fer sous le moteur, il lui semblait que son ventre lui remontait dans les côtes et il se retrouva souvent en apnée, écarlate, suant, furieux après sa grosse panse, après ses mains qui le trahissaient, après son âge et celui de son moteur, après le monde tout entier.

Il se releva en chancelant pour démarrer. Son souffle revenait difficilement et ses jambes avaient recommencé à le faire souffrir.

Il arriva avec un retard d'un quart d'heure à l'écluse, encore essoufflé mais satisfait : l'huile semblait ne plus pouvoir s'échapper.

L'éclusier était noir de poil, maigre de corps et avait l'air chafouin. Il suçotait une cigarette éteinte, qu'il rallumait parfois en penchant la tête pour ne pas enflammer sa moustache. Il lui avait été confié une mobylette pour suivre Raymond et lui ouvrir les écluses jusqu'à 8 heures, et l'ouverture générale des ouvrages à la plaisance.

Raymond aimait ces matinées où aucun yaque n'encombrait le canal, où les portes des écluses étaient toujours ouvertes, où la fraîcheur laissée par la nuit résistait encore à la morsure du jour.

À la dernière écluse accompagnée, Raymond payait le café à l'éclusier. Quand c'était un vieux qu'il avait connu autrefois, il proposait la goutte et échangeait nouvelles ou considérations sur ce qu'était devenu et ce qu'avait été ce qui les réunissait encore aujourd'hui : le canal.

Puis le *Gueule d'amour* se dégageait du bassin et entamait sa longue navigation sous un soleil de plus en plus écrasant, au milieu des bateaux de plaisance qui se réveillaient.

Rapidement il s'en trouvait deux ou trois pour lui filer le train, se dandinant en cadence derrière lui, essayant de doubler, cornant impatiemment.

Quand il jugeait la longueur du bief suffisante pour qu'ils ne le retardent pas à l'écluse, il coupait les gaz et leur faisait signe de passer. Quelquefois, quand l'enchaînement des écluses était rapproché et qu'il se faisait sourd à leurs cornantes supplications, il voyait débarquer leurs équipages à l'écluse pour des négociations ou des anathèmes, selon les mentalités. Ceux qui savaient rester courtois et qui manifestaient de l'empathie à l'égard du vieil homme et de sa logique avaient de bonnes chances de le dépasser à la première occasion qui se présentait, Raymond acceptant même de se retarder de quelques minutes. Les désagréables finissaient par s'amarrer quelque part, stressés et furieux, ruminant sous les ombrages les aigreurs retrouvées de leur quotidien de citadins.

Le Rouge Raymond avait posé dans sa marquise son fusil de chasse, bien en vue, pour dissuader les velléités de pugilat des plus enragés. Et comme le chien lorgnait vers l'objet, lui coulant un œil oblique et réprobateur, Raymond se justifia en lui jurant qu'il n'était pas chargé.

Les après-midi surtout étaient pénibles. La marquise du *Gueule d'amour* devenait alors un sauna.

Debout pratiquement toujours, le tricot de corps inondé de sueur, les mains moites marquant le cerceau du macaron, les jambes douloureuses, Raymond bataillait dans un canal qui s'envasait, dans lequel trop peu de péniches assuraient encore l'autocurage nécessaire à une navigation détendue. Le trente-huit mètres frottait parfois du menton sur la vase, ricochant vers les berges, sortant du chenal, et à chaque fois le marinier se battait pour y replacer ses trois cents tonnes.

Nombre de ponts étroits sollicitaient toute son adresse et son attention, ne laissant que quelques centimètres de marge entre la maçonnerie et la tôle. Certains accueillaient des essaims de gamins sauteurs qui plongeaient devant le bateau pour épater leurs potes, ou derrière pour se faire brasser par le bouillon d'hélice, inconscients des risques énormes qu'ils prenaient, hurlant, hilares, des "ta gueule pépé!", en réponse à ses vigoureuses mises en garde.

À l'écluse suivante, un éclusier de repos qui avait reconnu Raymond et que démangeait sans doute une envie de bavarder, lui apprit qu'un trente-huit mètres était attendu pour le soir même à 23 heures.

– Un gars qui prend plein de régules... L'*Hollywood* qu'il se nomme. Tu le connais ?

Raymond bredouilla “non”, puis “oui”, salua et le *Gueule d'amour* quitta l'écluse.

Le Rouge était abasourdi.

– T'as entendu ? On va déjà avoir l'*Hollywood* aux fesses !

Il s'adressait à son chien, confiant quant à l'expérience acquise par ce dernier au long des douze années de commune navigation.

– T'imagines ? Le gosse nous a repris toute une journée ! En canal ? C'est pas possible ! Ils ont dû finir de le charger le samedi matin. L'est à une journée derrière nous ! Allez le Cid, c'est fini de baguenauder ! Faut y aller maintenant ! En canal on marchera à sa vitesse si on se bouge. Mais en rivière il nous passera, avec tous ses chevaux ! Faut garder notre avance !

Et Raymond soliloqua longtemps, se satisfaisant d'un regard du chien, ou d'un battement de queue, pour se sentir en dialogue.

Ce que le Cid ne disait pas, c'est qu'il ne voyait pas où et comment ils pourraient aller plus vite, ni à quel moment ils avaient pu se sentir en vacances...

– Finie la plaisance, Cid ! Faut reprendre le collier.

Mais brave, ou lâche, ou un peu les deux, le Cid se contenta de remuer la queue, faisant comme s'il acquiesçait.

Raymond se voulut donc plus vigilant, plus concentré, et fut stressé toute la fin de journée. Il engueula abondamment nombre de plaisanciers, passa dans le large d'Aubigny sans ralentir, bousculant tous les bateaux amarrés, ce qui lui valut une pluie d'insultes et une forêt de poings levés, de bras levés, de doigts levés, mais ne réussit à atteindre que Grenouille où ils couchèrent, sous l'écluse double du Guettin.

Le gros cahier indiquait qu'ils auraient déjà dû atteindre l'écluse numéro 20...

De puissants halogènes balayaient la surface du canal, incendiant les rives, embrasant soudainement des bouquets d'arbres, éblouissant des hérons qui s'envolaient en râlant. Les plaisanciers amarrés interrompaient leurs repas, impressionnés. Le nez aux hublots, ils considéraient le trente-huit mètres illuminé qui traçait sa route dans la nuit, poussant l'eau noire en grondant. L'obscurité se refermait sur le sillage de l'*Hollywood*, comme petit à petit s'apaisait le clapot furieux qui bousculait les joncs.

La lueur d'incendie rampa dans la nuit jusque vers 23 heures.

Depuis sa rentrée dans le canal, le mardi, Steve avait "posé des régules". C'est-à-dire qu'il avait demandé à pouvoir naviguer en dehors des heures réglementaires et passer les écluses en dérogation. Cette procédure, réservée aux bateaux de commerce, n'est pas gratuite et les mariniers ne l'utilisent que quand ils en ont la réelle urgence. Il leur est demandé également de prévenir les services de la navigation suffisamment tôt pour que ceux-ci puissent s'organiser en conséquence et dépêcher les agents aux lieux et aux heures convenus.

Raymond, se demandait s'il n'aurait pas dû, hier, recourir à la régule... Ainsi, s'il avait demandé à passer les écluses du Guettin hier au soir, il aurait pu naviguer quatre heures supplémentaires, le bief suivant faisant près de vingt kilomètres...

Quatre heures à la fraîche, quatre heures sans yaques, quatre heures gagnées pour aujourd'hui... Pour aujourd'hui, où, fripé des fatigues de la veille, il s'était levé sans courage, où malheureux il observait le ciel, nettoyé, limpide, implacable, annoncer à la terre l'interminable brûlure d'une journée sans nuages. Mais il lui revint qu'hier, quand, le *Gueule d'amour* amarré, il avait pu s'asseoir enfin, les jambes gonflées, douloureuses, la langue épaisse, le souffle saccadé et un goût de charogne dans la bouche, il n'aurait sans doute pas pu continuer bien longtemps.

Il se rendait compte qu'il était finalement un vrai vieux, un vieux tout aussi vieux que ses collègues débarqués et qui devaient à cette heure rentrer du bistrot, où, dans la fraîcheur des ventilateurs, ils avaient joué aux cartes et au billard en attendant que la blanquette soit à point, blanquette qu'ils digéreraient au cours d'une sieste tranquille.

– Bon sang si seulement Josian était resté!

À deux vieux, ils auraient bien valu un jeune...

Ou mieux, si Maurice avait été là! Au bateau, comme devrait l'être un fils... Avec Maurice, tout aurait été différent! Tout aurait bien été! Et sûr, Yvonne serait encore là. Il n'y aurait eu aucun chagrin pour se muer en tumeur, aucun désir de bouteille pour hâter la fin du jour! Et lui ne serait pas à la peine comme un forçat!

Raymond s'apitoyait sur lui mais ne s'en était pas encore rendu compte. Maurice... L'espérance et le chagrin de toute sa vie. La grande peine d'Yvonne...

Le *Gueule d'amour* sortait à présent des écluses et dominait la rivière depuis le pont-canal qui l'enjambe, ranimant quelques souvenirs. Avec Maurice justement. Maurice fragile, secret, et qui jetait des morceaux de charbon dans l'Allier en contrebas.

Maurice qu'une fois encore il avait engueulé. Et engueulé trop fort.

Maurice que sa mère consolait. Consolait trop sans doute.

Raymond ne savait pas comment prendre ce garçon qui ne s'intéressait pas au bateau, qui rechignait à l'accompagner dans les travaux d'entretien et les menus bricolages qu'un trente-huit mètres requiert. Il n'avait de goût que pour les livres et le dessin.

– C'est l'école qui nous l'a pris...

Jusqu'à l'âge fatidique des six ans, qu'ils avaient étiré jusqu'aux sept années révolues du petit, la vie au bateau avait été tendre. Maurice avait été ce que l'on appelle un enfant facile. Obéissant, raisonnable, malgré déjà cette tendance à aimer la solitude et à vivre dans sa tête.

– Mais dans l'ensemble, nous avons eu du bon, tous les trois.

Comme souvent, Raymond discutait avec le Cid. Une fois encore, il évoqua le jour terrible de la rentrée d'école où il fallut confier Maurice à une pension. Celle que des collègues leur avaient recommandée était tenue par des religieuses.

Yvonne ne put trouver la force d'accompagner son fils.

– C'est à moi, Cid, qu'est revenue cette saloperie; ce matin-là, j'lui ai dit qu'il lui fallait venir avec moi en ville. Sa mère avait préparé son trousseau et je portais son sac. Il ne disait rien, mais je sentais à sa petite main blottie dans la mienne qu'il était inquiet. Quand nous sommes arrivés à l'institution – je me souviens d'un immense portail vert foncé surmonté d'une statue de saint Joseph – il y avait déjà des familles et des gosses. Nous en connaissions la plupart, tous bateliers. Il s'est tout de suite mis à pleurer. Oh, il n'était pas le seul. Tout le monde pleurait: les gosses, les mamans. Seuls je crois bien, la robuste bonne sœur qui faisait l'accueil et moi ne pleurions pas. Elle, parce qu'elle n'éprouvait pas de chagrin et moi, parce que je ne savais pas pleurer. Je posai son sac dans un casier, signai quelques papiers et retrouvai mon petit, toujours en larmes, effondré derrière un pilier du préau. Quand il me vit, il se jeta dans mes bras. Je le grondai doucement en lui disant qu'il devait aller à l'école et que c'était une sacrée chance. Je le posai par terre. Je revois encore son petit visage ravagé de chagrin et de peur… "À ce soir, papa", renifla-t-il, éperdu. On ne s'est revus que sept mois plus tard, quand un voyage qui tombait bien nous a permis d'aller le prendre pour un dimanche.

Raymond se tut, un pont mal placé venant accaparer toute son attention.

Ils raclèrent légèrement les pierres, ce qui lança le marinier dans une tirade libératoire contre “ces feignants qui ne faisaient rien pour désenvaser le canal”, puis au bout d'un moment, il reprit :

– Il n'a plus jamais été le même, Maurice, après ce jour.

Puis après un long silence.

– Saloperie…

Et il ne desserra plus les lèvres jusqu'au milieu de l'après-midi, jusqu'au casse-croûte. Le Cid et lui grignotèrent de la saucisse et du comté.

Les maisons d'un vague hameau s'égrenaient à droite du canal, cuisant sous le soleil. Des vaches se déhanchaient lourdement pour venir boire, abruties de mouches. Raymond versa dans un verre ce qu'il restait d'une bouteille de vin, foncé comme de l'encre, qu'il noya d'eau. Le liquide devint violet. Il claqua des lèvres :

– Pas mal du tout, la piquette de l'éclusier.

Puis, à l'adresse du Cid :

– Ce soir, on devrait atteindre l'écluse du père Amédée. S'il y est encore, on lui achètera une poule et du vin.

Était-ce d'avoir, le matin, longuement parlé de son fils absent ? Était-ce l'habitude qui venait à son secours ? Le vin de l'éclusier du canal de Briare ? Raymond se sentait mieux. Aujourd'hui, il avait pu s'asseoir dans quelques biefs et ses jambes criaient moins ; ils avaient croisé moins de yaques et presque toutes les écluses avaient été libres pour lui. Le *Hollywood* n'avait dû rien lui gagner.

Il ne lui en avait pas fallu davantage pour retrouver un peu d'allant.

Un cumulus égaré leur masqua le soleil. D'une forêt proche leur parvenaient des odeurs de résines et de feuillages chauds. Un héron devant eux se lança dans un vol lent et puissant, une brise légère frisa le miroir de l'eau, affola les joncs, mêlant au parfum des pins des effluves d'étables et de paille coupée.

Raymond se pencha et tapota la tête de son chien.

– Tu dis rien le Cid ? T'es pas content de ce grand voyage ?

Et comme l'animal se couchait à demi sur le dos, écartant une cuisse pour se faire gratter le ventre, les oreilles étalées, les yeux clos, la langue évanescente, il lui avoua, en le remuant de sa grande main :

– C'est la dernière folie... Après promis, on retourne pépère...

Ils arrivèrent près de l'écluse d'Amédée un peu avant la fermeture de la navigation. Placée dans une courbe, ils ne la découvrirent qu'au dernier moment. Sa maison éclusière, coquette, s'appuyait toujours sur deux appentis, dont un en bois. Attentif à guider le *Gueule d'amour* entre les masses, Raymond ne lui jetait que des coups d'œil furtifs, pour s'assurer que son copain y résidait toujours.

Il entraperçut un potager soigné où des haricots s'envolaient sur des rames, où des tomates piquetées semblaient défiler, où s'épanouissait un énorme potiron orange vif. Une vieille brouette de bois attendait près de la porte ouverte. Devant la maison, un très vieux cerisier accueillait contre son tronc des bêches et des binettes. Et, confirmant la présence de son ami, des poules déjà se pressaient sur ses branches, anticipant de deux bonnes heures le coucher du soir.

– Regarde le Cid ! L'arbre à poules…

Le chien cligna des yeux vers l'arbre, humant l'air tiède qui sentait la terre humide et la plume.

Raymond lança un coup de trompe qui mit le cerisier en effervescence et fit sortir, furieux, un grand échalas de drap bleu au sommet duquel miroitaient d'épaisses lunettes.

– Alors Amédée ! On n'accueille plus les amis !

– Bon Dieu, le Rouge ! Si je m'attendais ! J'te croyais mort !

– J'vais pas tarder si tu ne me vends pas bientôt du vin et une de tes poules.

– Tu portes du grain ?

Intéressé, l'Amédée avait grimpé sa carcasse sur le trente-huit mètres.

– Non, rien de bien pour toi, à moins que tu veuilles faire du riz.

– …

– De l'engrais que je descends en Arles… Pour le riz.

– Oh, j't'en échangerais bien quelques seaux contre une poule et un cubi de blanc.

– Si ça te tente, c'est tout bon.

– Sacré Rouge ! Tu changes pas !

– Sacré Amédée ! Comment va Marthe ?

– Elle fait aller, mais tu vas la voir, elle est par là.

En effet, une petite femme courte sur pattes et boitant bas sortait d'un appentis. De grosses lunettes, en tous points semblables à celles de son mari, écrasaient un nez camus que soulignait une ombre de moustache.

– Bonsoir à toi Marthe !

– Bonsoir le Rouge ! J'suis contente de te voir. On nous avait annoncé deux péniches, mais je ne savais pas que le premier c'était toi.

– Deux ? s'étonna le Rouge.

– Ouais, derrière toi : un pressé qui prend que de la régule. Demain, il doit passer ici à 6 heures.

– À 6 heures ! Demain !

– Oui, mais ne t'inquiète pas, continua son copain. J'te laisse dans l'écluse, les portes ouvertes, le chef ne passera pas aujourd'hui. Tu t'en vas quand tu veux, à 4 heures et demie si tu le souhaites, y faut une bonne heure et demie pour faire le bief, j'vais t'annoncer passé pour 19 heures, tu seras attendu à la numéro 15 pour 6 heures.

– Et tu soupes avec nous, ajouta Marthe.

Quand le Rouge se réveilla, la nuit maintenait encore le canal dans une obscurité douce et fraîche, dans cet assoupissement réparateur qui succède aux journées de feu. Des clapots vers les roseaux indiquaient que quelque chose vivait quand même, animal discret, brème du fond de l'eau montant boire en surface, bihoreau cueillant une grenouille ou ragondin rentrant chez lui.

Sur le plat-bord, il reconnut sa cocotte de fonte dans laquelle Marthe lui avait proposé de cuire la poule. Il s'attendrit à la pensée qu'il mangerait convenablement pendant quelques jours et qu'il le devait à l'amitié.

Le moteur démarra joyeusement, la fuite d'huile matée. Raymond alluma les feux de navigation et, guidé par leur seule lueur, lança le *Gueule d'amour* sur le canal, sur l'eau noire dans laquelle bientôt allait s'allumer l'aube.

À 6 heures, il fut à l'écluse numéro 15 et son cœur se serra quand il réalisa qu'au même moment le *Hollywood* s'introduisait dans celle qu'il venait de quitter. Quatre-vingt-dix minutes séparaient à présent les deux bateaux et de la permanence de cet écart dépendrait la sérénité des journées.

À deux reprises le canal vint border le fleuve et, à travers les trouées de saule, Raymond le voyait pétiller dans la lumière rasante qui montait de l'est.

Ils naviguèrent tranquilles jusque vers midi.

Ils allaient dépasser Garnat quand une vedette amarrée dans le large, après le pont, se dépêcha de larguer ses cordes, fila perfidement au ras de leur nez et leur "prit" l'écluse située à une centaine de mètres. Coups de trompes, insultes, bras d'honneur et aboiements s'échangèrent sans compter. Raymond était fou furieux, prisonnier de son bateau dont l'enfoncement rendait impossible l'approche suffisante des berges, l'empêchant de se débarquer et de monter à l'écluse corriger le plaisancier indélicat.

Celui-ci prit tout son temps et, quand enfin il quitta le bassin, Raymond, qui manœuvrait pour actionner la perche de commande, vit deux "locations" avalants pénétrer dans l'écluse. Ils en attendirent un troisième et, quand la manœuvre fut enfin terminée, défilèrent devant le *Gueule d'amour*, tout exaltés de leur aventure et se dépêchant vers la suivante. La montre de Raymond lui confirma qu'il venait de perdre trois quarts d'heure.

Le thermomètre dans la marquise, lui, indiquait trente-six degrés.

En traversant Diou, précisément en se préparant à enfiler le pont rail, Raymond comprit que le *Hollywood* était derrière lui.

D'un coup il vit le niveau du bief s'abaisser et eut l'impression que le *Gueule d'amour* se collait au fond du canal.

– Bon sang le Cid, y'a quelqu'un qui nous tire l'eau !

Et ce quelqu'un dont Raymond ne souhaitait pas prononcer le nom, venait de sortir de l'écluse de Besbre et fonçait à présent vers Diou.

Raymond passa le pont comme il put, avec un bateau qui semblait être devenu ivre, et se présenta face à l'écluse de Putay qui était occupée. Quand ce fut son tour d'y être engagé et d'être hissé doucement le long des bajoyers, il aperçut sous eux, quand il se retourna, le *Hollywood* qui sortait de la courbe.

– Eh bien ça y est, nous y sommes !

Curieusement, il se sentit soulagé.

Il observait le trente-huit mètres filer vers l'écluse, poussant le canal devant lui, tirant un sillage puissant qui malmenait les roseaux. Le gamin se débrouillait bien, pensa-t-il, et aucune animosité ne vint se glisser alors dans son esprit.

La prochaine écluse était à sept cents mètres, il lança le *Gueule d'amour* dans le bief et une chandelle de fumée noire monta de l'échappement.

# 6

Ils tinrent la distance et ils sortaient de leur écluse qu'ils ne voyaient pas encore le *Hollywood* émerger de la sienne. Raymond leva les deux bras en V comme un vainqueur d'étape. Mais une douleur sourde, comme une crampe, lui mordait à nouveau la poitrine.

À la suivante, il put savoir, par le “garde” qui était une vieille connaissance, que le jeune avait pris des régules jusqu'à la numéro 23 du canal du Centre, à Paray-le-Monial.

– Moi aussi, avait répondu Raymond, je vais marcher jusqu'à la 22.

– J'te marque parce que je te connais, le Rouge, mais la prochaine fois il te faudra prévenir avant 11 heures, pour les régules.

Le Rouge avait remercié, était sorti du bassin et maintenant affrontait le regard du Cid, lourd d'une absolue réprobation.

– Malin, si c'est pour le laisser passer maintenant, ça a servi à quoi de tirer la bourre ? grogna Raymond.

En réponse, le chien expira un long et vibrant soupir et se rencogna dans son coin, lui tournant le dos.

– Voilà, soliloqua l'homme, contrarié. Une fois de plus le Rouge doit faire face seul ! Mais ne t'inquiète pas Cid ! Je n'ai jamais attendu après toi pour faire ce que j'avais à faire. La poule, on va sans doute la manger froide, et debout ! Mais foi de Rouge, le gamin ne nous passera pas devant.

Ils passaient Coulanges quand la VHF l'appela :

– *Gueule d'amour* pour *Hollywood* ?

Raymond resta saisi, bête, regardant sa Sailor comme si elle arrivait de Mars.

– *Gueule d'amour* pour *Hollywood* ?

Il décrocha le combiné, ne sachant quoi dire, et à tout hasard, bourru, lâcha un :

– Ouais, j'écoute…

– Bonjour monsieur. Dans le bief suivant je pourrai vous passer sans vous gêner ni vous retarder : il y a de l'eau en suffisance entre les deux passerelles.

La voix était claire, presque amicale.

La demande était normale et présentée comme il se devait.

– On va au même endroit, répondit Raymond, pourquoi voulez-vous me passer ?

La réponse, qui resta courtoise, lui parvint de la même voix qui se troublait un peu :

– On va peut-être au même endroit, mais sûrement pas au même moment.

– On va aussi vite, je ne vous gênerai pas, rétorqua avec mauvaise foi le Rouge. Si cela devait être, on aviserait.

La radio s'énerva un peu.

– Vous êtes parti deux jours avant moi et je vous ai rattrapé avant Digoin. Comment pouvez vous dire qu'on marche pareil ?

– Je t'attendais, petit. J'avais peur que tu te perdes. Maintenant, essaie de me suivre si tu peux…

– D'accord, vous l'aurez voulu…

La voix avait cessé d'être amicale.

Raymond avait reposé le combiné de la radio et fixait le canal que la lumière faisait étinceler, lui lançant des aiguilles de feu dans les yeux.

Le Cid poussa un soupir plus gros que lui, qui le fit grelotter un moment.

– Quoi ! Quoi ! T'es de son côté toi aussi ?

Furieux et mal à l'aise, Raymond se servit un long verre de vin blanc et, portant un toast à Amédée, le but d'un trait.

La chaleur ne céda pas pour autant et la douleur engourdissait ses jambes.

Il comprit que le *Hollywood* venait de rejoindre le bief quand le *Gueule d'amour* s'immobilisa presque dans le rétréci du kilomètre 9. Il passa le pont de Fontaines avec difficulté. Quand il arriva à l'écluse de Digoin, l'autre était derrière lui.

Il traversa la Loire, si préoccupé qu'il ne jeta pas même un regard au fleuve que la lumière du couchant repeignait en rouge et or, sauf à l'endroit où le pont-canal projetait son ombre majestueuse au faîte de laquelle, délicatement, glissait la leur. Il additionnait mentalement les écluses et les kilomètres qui, par le canal du Centre, les séparaient encore de la Saône.

Autrefois, jeune encore, et avec Yvonne, il mettait trois jours pour rallier Chalon depuis Digoin. C'est ce que lui avait rappelé son livre de bord. Sûr que le jeune voudrait le faire en deux jours, à grands coups de régules ! Et pour quoi faire ? Pour attendre plusieurs jours à Arles avant déchargement ?

Dans la VHF, une voix annonça un trente-huit mètres chargé qui arrivait en face de lui, derrière le pont de chemin de fer.

Raymond fit marche arrière toute et son hélice avala un bois qui se mit à cogner dans le tunnel d'amenée d'eau ; il entreprit de ramener à droite le *Gueule d'amour* qui du coup s'était mis presque en travers et répondit au collègue qu'il pouvait venir, qu'il l'attendrait derrière le pont. Cinq minutes s'écoulèrent pendant lesquelles il batailla pour maintenir le trente-huit mètres à la place où ce dernier semblait avoir juré de ne pas rester. Puis il appela par radio :

– *Gueule d'amour* pour avalant ?

La VHF le considérait stupidement de son gros œil rond, muette.

Il renouvela l'appel.

– *Gueule d'amour* pour avalant ?

Après un court silence, un long rot, gras, ignoble, résonna dans l'appareil.

Raymond comprit d'où cela venait, se contrôla pour ne pas réagir, "pour ne pas récompenser la connerie", et manœuvra pour reprendre sa navigation.

Il était reparti depuis une dizaine de minutes, choqué, blessé même, insensible au soir qui dorait les joncs, au jeu des ombres que lançaient au-dessus de l'eau les arbres éreintés par le jour et qui redressaient lentement la cime. Insensible aussi à la douceur camphrée qu'exhalaient, là-bas près du fleuve, les peupliers baumiers, et qu'une brise d'eau portait jusqu'au canal.

Soudain la VHF se mit à vomir un rock tonitruant, qui le pétrifia, affolant son vieux cœur, faisant aboyer rageusement le Cid.

Le *Hollywood* s'appliquait à lui pourrir l'existence.

Il éteignit la radio, ne la rallumant que pour s'annoncer au pont suivant, inquiet de se trouver nez à nez avec un avalant. Mais à peine avait-il posé le combiné que la musique se déchaînait à nouveau, relançant la fureur canine, le privant d'entendre une réponse.

– Ta gueule le Cid!

Toute la fatigue de la journée s'accumulait avec celles des jours précédents.

Avec l'arrivée du soir Raymond sentait monter le découragement. Les quatre heures et plus de navigation qu'il s'était crânement imposées lui apparaissaient interminables, gigantesques, comme une chaîne de montagnes à gravir.

La pression que, petit à petit, le *Hollywood* faisait monter, lui encombrait la tête, raidissait ses gestes, réduisait la navigation à cette seule obsession: aller vite, ne pas perdre une minute! Et il puisait dans ses ultimes réserves d'énergie, abandonnait à l'habitude les gestes nécessaires, confiant à des automatismes éprouvés depuis plus de cinquante ans la surveillance du bateau dans les écluses.

Maintenant la nuit était tombée et le Rouge écarquillait des yeux harassés pour repérer le pont de Vitry. Il surgit d'un coup, opaque, menaçant, et dans l'ouverture miroita une eau noire subitement hostile où se délayaient les lueurs vertes et rouges des feux du *Gueule d'amour.*

Trompé par les reflets, Raymond racla longtemps la bordaille gauche, décrochant des petites pierres qui tintèrent sur les plats-bords. Le Cid se redressa et, les oreilles dressées, considéra, peiné, Raymond qui jurait au macaron.

– Putain de pont ! Pouvaient pas le faire plus large ou l'éclairer !

Alors, comme si le ciel accédait à la requête du marinier, un faisceau éblouissant les prit dans sa lumière.

Le *Hollywood* derrière eux débouchait de la courbe. Il n'était qu'à quelques dizaines de mètres quand Raymond commença à s'aligner pour la rentrée de l'écluse numéro 25.

Subitement, l'autre éteignit ses halogènes et donna un grand coup d'arrière. Raymond se retrouva dans le noir. Son phare était inopérant. De l'écluse il ne vit plus rien, mais il se sentit monter sur la vague de reflux que venait de produire le *Hollywood.* Le *Gueule d'amour,* emporté, donna du nez brutalement sur les masses en béton de l'écluse où il ricocha par deux fois. Raymond jura abominablement, bagarra pour calmer son bateau qui roulait d'un bord à l'autre, menaçant à tout moment de se coincer.

Quand il fut dans l'écluse, amarré, le Rouge, qui se tenait la poitrine d'une main tremblante, grimaça à l'attention de l'éclusier.

– Vous avez vu ce qu'il m'a fait ce fumier ?

Mais l'éclusier n'avait rien vu, l'éclusier ne voulait rien voir, l'éclusier ne voulait prendre parti pour personne. L'éclusier ne décolérait pas contre son chef qui l'avait privé de la retransmission d'un match pour écluser deux fracassés qui préféraient faire quatre-vingts heures par semaine au lieu de quarante et qui, en plus, se tiraient la bourre…

– Ça arrive à tout le monde de se manquer, répondit-il à Raymond suffoqué. De jour on y voit mieux ! renchérit-il, rancunier.

Écœuré, renonçant à s'enfoncer dans une conversation dont l'issue lui semblait tristement évidente, le Rouge regagna sa timonerie où même l'attitude du chien lui parut malveillante. Il lutta quelques instants pour ne pas vomir dans la VHF le torrent de son indignation, de sa haine et, profitant que le Cid était descendu pisser, il engagea deux cartouches dans son fusil.

Les écluses suivantes étant rapprochées, la situation des deux bateaux dans le même bief ne se reproduisit plus. S'étant fait assurer que le *Hollywood* s'arrêtait bien pour la nuit à Paray, le Rouge continua jusqu'à Bord où il s'amarra, bousculant un plaisancier qui bondit mécontent et en pyjama sur le pont de son bateau. Ce que cria alors le Rouge aurait été de nature à dégoûter à tout jamais quiconque du tourisme fluvial mais, par malheur, l'autre ne comprenait que l'allemand.

Raymond s'abîma dans un sommeil tourmenté, haché, où des rêves extravagants le rejetaient, crispé, noué, sur la berge d'une demi-conscience, dégouttant de sueur.

Le réveil sonna comme une libération, mais en passant son café, en se rasant, Raymond se rendit compte de la fatigue accumulée et du peu de forces qu'il lui restait pour arriver en Arles. Il fut tenté de renoncer, de laisser passer le jeune ; après tout il n'avait pas démérité et serait dans les temps pour décharger. Il se rappelait les fois où un vieux devant lui l'avait retardé, ou bien un Hollandais, enfoncé comme souvent au mètre quatre-vingt-dix, voire deux mètres, et qui labourait le fond du canal à deux kilomètres à l'heure. Il se souvint avoir pesté contre ces fâcheux, et de son soulagement quand ils se laissaient trémater.

Il n'avait plus de pain. Il venait de finir le paquet de café. Comment pouvait-il faire pour aller aux provisions, en démarrant à 6 heures et en s'arrêtant à 23 heures passées ? Il planta les dents dans un morceau de poule froide et, vite écœuré, se servit un verre de vin blanc.

Le sac de croquettes diminuait lui aussi ; c'était ennuyeux, d'autant plus que le Cid le battait plutôt froid ces temps-ci.

En démarrant le moteur, quelques gouttes d'huile échappées l'inquiétèrent à nouveau. Il remonta lourdement, n'ayant encore pas pris de décision concernant la suite à donner à son voyage.

Il choisit d'aller jusqu'au bief de partage, jusqu'aux étangs de Montchanin. Ensuite, il se refusait à prendre toute “la vallée d'écluses” qui faisait suite en dérogation. Trop cher. Si le jeune voulait encore le dépasser, cela lui coûterait des sous, et ça, c'était déjà une consolation.

Des brumes s'effilochaient entre ciel et canal. Des corneilles se disputaient dans les arbres et leurs croassements ricochèrent longtemps dans l'air frais.

Il arrivait à l'écluse de Volesvres quand lui revint un événement douloureux qui, ici même, l'avait opposé à son fils.

Maurice allait avoir seize ans et souhaitait continuer l'école malgré l'épreuve de la pension qui l'avait tellement blessé. Yvonne, pressée comme toutes les mères de retrouver son petit, attendait qu'il ait atteint l'âge où l'école cesse d'être obligatoire pour qu'il revienne au bateau se former à être marinier. Comme les autres gamins et gamines de leur connaissance. Maurice leur dit alors pour la première fois qu'il ne souhaitait pas être marinier, qu'il voulait être peintre.

– Mais au bateau y'aura de quoi peindre, tu sais.

– Je ne parle pas de cette peinture-là.

– …

– Je voudrais peindre des tableaux.

Maurice avait dû réunir tout son courage pour avouer ça. Raymond se souvenait avec précision de la scène. Il revit son air buté, la rougeur subite de son visage, où quelques poils blonds passionnément entretenus tentaient une esquisse de barbe.

Il entendit les plaintes de la mère qui réalisait que son fils voulait s'en aller. Il s'entendit surtout beugler des choses dont il n'était pas fier, maintenant, d'autant plus que l'éclusière profitait de la scène. Le gamin se ferma comme une huître et plus tard sauta sur le marchepied de halage sous le pont de Corneloup. Ce fut sa première fugue. Ils l'attendirent toute une journée à Paray, puis se remirent en route. Il ne les rejoignit qu'après Decize.

Raymond maintenant avait fait la part des choses et savait mesurer quelle avait été sa responsabilité dans le fossé qui n'avait depuis lors jamais cessé de s'approfondir entre lui et son fils.

Il revivait, parfois sans l'avoir cherché, la fâcheuse scène du jour où Maurice, presque majeur, leur avait présenté son "maître". Raymond se retrouvait mesurant du regard un quadragénaire efféminé, gommeux, avec un diamant dans l'oreille, suçotant une petite pipe d'écume dans laquelle paraissait brûler de l'encens, ou autre chose, et qui avait entrepris de vanter les talents artistiques de leur enfant, et leur proposait de l'installer chez lui, de veiller sur ses études aux Beaux-arts, voire de les financer en partie. L'homme s'exprimait d'une voix sirupeuse, avec laquelle il enrobait délicatement des mots recherchés qu'il suçait ensuite comme des bonbons. La manière avec laquelle il s'abaissait de temps en temps jusqu'au niveau des mariniers n'était pas sans ressembler aux efforts louables auxquels les colons blancs condescendaient pour se faire comprendre des nègres des tribus.

Du moins c'est ainsi que le ressentit Raymond dit le Rouge, batelier de la cinquième génération – au moins, parce qu'on n'avait pas su remonter plus loin.

– En somme, c'est par bonté pure que vous vous intéressez à Maurice ?

– Euh, pas seulement, pas seulement, répondit le maître surpris en agitant ses jolis doigts. Je crois en ses talents !

– En ses talents pour quoi ? grondait déjà sourdement Raymond, tandis qu'Yvonne, qui connaissait son homme, lâchait des :

– Je t'en prie, Monmon, je t'en prie.

– Mais en ses talents artistiques, bien sûr, de quels autres talents peut-il s'agir ici ? bredouilla le gommeux de plus en plus mal à l'aise.

– Tu vas tirer ta gueule d'andouille peinte de ce bateau respectable, tu vas virer ton cul de tapette fissa ou je te dévisse ta tête à claques et j'te fais bouffer ta pipe de gonzesse, et j'…

– Ça suffit papa ! coupa alors Maurice qui n'avait encore rien dit mais qui était devenu très pâle. Nous nous en allons…

– Comment ça ? rugit alors Raymond. *Nous* nous en allons ? Lui, y s'tire, c'est sûr, et vite ! Et toi tu files dans ta cabine !

– Viens Maurice, tu avais raison, c'est un primaire ! lança totalement imprudemment le maître en costume de velours côtelé marron clair.

Les deux énormes pognes du marinier vinrent alors le saisir par le col et la culotte et, devant les péniches assemblées, il lui fit faire comme une course à l'échalote qui se termina, au bout du quai, dans la Seine.

Maurice ne revint plus jamais au bateau.

Raymond ne le revit qu'une fois, pour l'enterrement de sa mère, et il ignore encore qui l'en avait prévenu. Il ne parvint à aucun moment à croiser son regard et, quand la cérémonie fut terminée, il avait disparu. Il était accompagné par un homme, mais ce n'était pas celui qu'il avait flanqué au fleuve.

Raymond agitait toutes ces images, tous ces souvenirs comme on agite un kaléidoscope dans l'attente d'une nouvelle figure, d'une nouvelle et cohérente disposition des cristaux. Mais à chaque tentative, son esprit lui servait toujours la même représentation. Celle d'un enfant malheureux, incompris, d'une mère effondrée et d'un lourdaud de père qui leur avait gâché la vie.

La journée promettait d'être torride.

À midi, le *Gueule d'amour* et son équipage étaient à l'écluse de Ciry. Le thermomètre affichait trente-huit degrés dans la marquise et tout promettait qu'il n'en resterait pas là.

Raymond se sentait mal, souffrait des jambes et de cette crampe dans la poitrine qui lui venait de plus en plus souvent. Il avait compris qu'elle était liée à ses émotions. Elle s'était réinvitée quand il était allé à l'avant constater si les chocs d'hier, à l'écluse, avaient laissé des traces. Ils en avaient laissé, en l'espèce de deux bosses : une assez visible à gauche, une plus discrète à droite.

Les chocs qu'avait reçus le *Gueule d'amour* depuis que Raymond en était propriétaire s'étaient aussi imprimés dans sa chair à lui, et il savait qu'ils lui feraient mal longtemps.

Au-dessus de Montceau-les-Mines, ils croisèrent le *Franjo,* premier bateau de commerce rencontré depuis leur rentrée dans le canal. Il les prévint qu'une écluse était en panne derrière lui. Effectivement, ils furent arrêtés sous l'écluse numéro 6, dite du Brûlard. Raymond approcha le nez du trente-huit mètres jusqu'au ras des portes, pour pouvoir s'amarrer dans les masses. Plusieurs véhicules des services de la navigation étaient sur place et beaucoup de monde, déjà, palabrait sur l'écluse. Un contrôleur que Raymond ne connaissait pas vint lui dire qu'il s'agissait d'une panne électrique, ou hydraulique, et qu'on attendait sous peu une équipe de dépannage.

Un quart d'heure plus tard, le *Hollywood* s'approcha, mais ne vint pas se mettre contre le *Gueule d'amour*. Il resta derrière, au milieu du canal, semblable à un crocodile à l'affût.

Raymond lui jetait souvent des coups d'œil haineux. Haineux et inquiets.

Le logement n'offrait guère plus de fraîcheur que la marquise et Raymond se traînait, ruisselant, de l'une à l'autre. Il avait hissé le Cid en haut de l'écluse et celui-ci le surveillait à présent depuis l'ombre d'un noyer, où il égouttait sa grande langue. Des éclusiers le reconnaissaient, l'interpellaient. Puis on lui installa une échelle et le Rouge put monter rejoindre la dizaine de personnes qui, depuis une heure, attendait l'équipe d'intervention rapide. Il fut heureux de s'asseoir à l'ombre, de boire frais, de retrouver des camarades et de parler de son grand voyage. Il apprit aussi que le *Hollywood*, lui non plus, n'avait pas demandé de régulation pour le soir.

Sa respiration se calmait et Raymond mettait sur le compte des pastis frais le bien-être qui lentement s'installait en lui. Si de temps en temps il râlait après la panne, disant que ce n'était pas la peine de payer des régules pour être bloqués ensuite, au fond de lui, il s'en réjouissait.

L'équipe s'affairait depuis plus d'une heure, mais rien de ce qu'elle tentait ne semblait parvenir à débloquer les commandes des portes. Les ombres s'allongeaient et Raymond constata avec dépit que la marquise du *Hollywood* se trouvait maintenant sous celle d'un grand frêne. Des cumulus d'orage se hissaient sur l'horizon, développant de grands dômes de chantilly. Vives comme des faux, des hirondelles fendaient l'air poisseux de leurs ailes bleutées.

Une voiture vint se garer à côté de la maison. La septième, compta Raymond. Elle était crottée. Il en sortit un homme pressé, une sacoche de cuir suspendue à son bras. Il s'approcha de lui :

– C'est chez vous qu'il y a un bébé malade ? demanda-t-il, l'air professionnellement ennuyé.

On devina vite qu'il s'agissait du bébé du *Hollywood*. Le toubib voulait bien descendre par l'échelle sur le *Gueule d'amour*, mais il fallait que l'autre se rapproche à en toucher le cul pour qu'il puisse se transborder.

Raymond faillit s'étrangler, puis accepta, bien obligé.

Le *Hollywood* s'approcha en douceur et la jeune femme vint mettre la corde – et un pneu, ce que Raymond apprécia. Quand, un quart d'heure plus tard, le toubib repartit, un éclusier emmena la jeune femme chercher des médicaments à Montceau. Quand elle revint, ils retirèrent leur corde et reculèrent là où ils étaient précédemment.

Le crépuscule s'étendait déjà sur la plaine, se mussant au bord de l'eau, imprégnant lentement les flancs des coteaux, apportant une fausse fraîcheur, un apaisement plutôt, une consolation de la rétine et une jubilation de l'odorat.

Les portes de l'écluse du Brûlard cédèrent enfin aux injonctions des hommes et Raymond put rentrer son trente-huit mètres dans le bassin.

Le contrôleur avait promis que les deux bateaux seraient accompagnés jusqu'au bief de partage. Raymond, en descendant démarrer le moteur, avait failli se trouver mal dans la fournaise de la salle des machines. Depuis, sa douleur à la poitrine était revenue, comme l'huile en flaque sous sa réparation.

Dans le court bief qui le séparait de l'écluse suivante, il dut s'asseoir, se retrouvant sans force, ne sentant plus ses jambes, la bouche en coton. Il parvenait mal à discerner, parmi les ombres qui se déployaient au-dessus du canal, les repères nécessaires à sa navigation. Des abeilles d'or se poursuivaient à l'intérieur de ses yeux. Il comprenait qu'il devait s'arrêter, quand il aperçut son copain Josian, debout à ses côtés, qui le regardait.

– Josian ! Sacré farceur ! Je ne t'ai pas vu monter à l'écluse ! souffla-t-il faiblement.

Josian s'approcha et empoigna le macaron.

– Je te le laisse volontiers, je suis à bout. Je pensais même à m'arrêter.

Josian ne répondait rien, mais de temps en temps se retournait vers Raymond. Dans la pénombre, celui-ci ne pouvait voir le visage de son ami, mais le sentait sourire.

Il pénétra sans heurts dans l'écluse et comme Raymond se levait, il lui fit signe de se tenir tranquille et sortit “faire les cordes”.

Au départ du bateau le Rouge se réveilla à peine : il ouvrit une fois encore un œil, pour l'entrée dans une autre écluse, puis sombra dans un sommeil profond, effondré sur sa chaise, les pieds posés près du tableau de commandes électriques.

Ce fut une vive lueur qui le réveilla. La marquise était illuminée comme si elle flambait. La silhouette sombre de Josian, comme un automate, s'affairait au macaron. Un pont étroit se découpait devant le *Gueule d'amour.*

Le Rouge comprit en une demi-seconde. Le *Hollywood* leur préparait un coup de reflux pour les jeter dans le pont.

Il attrapa son fusil et sortit. Il posa le canon sur l'affût de la petite grue, visa au cœur des halogènes et tira une fois. Les deux ampoules s'éteignirent dans des gerbes orangées.

La satisfaction de Raymond fut immense. Il entendit rugir le moteur du *Hollywood* et, tout de suite après, senti le cul de son bateau monter sur la vague. Le *Gueule d'amour* surfa dessus et passa le pont en finesse.

– Bravo Josian ! Chapeau l'ancien !

À son tour Josian donna violemment de l'arrière pendant une vingtaine de secondes, puis éteignant le moteur il fit signe à Raymond d'écouter.

Ils entendirent alors nettement un double choc suivi d'un long grincement. Le *Hollywood*, aveugle, venait de se manger le pont. Raymond regardait avec jouissance se balancer ses feux de navigation.

– Putain, pour un pet', c'est un sacré pet' ! Et se tournant vers Josian, il rajouta : un partout, la balle au centre !

Josian descendit rallumer le moteur pendant que Raymond allait chercher une bouteille de vin et que tout seul, sur son élan, le *Gueule d'amour* passait le pont suivant, celui du chemin de fer. Raymond se reconnut : ils étaient au bout du bief de partage, près de l'écluse de Méditerranée, la première qu'ils auraient à prendre en descente, le lendemain.

Josian, avec une précision surnaturelle dans cette obscurité, les amarra contre l'écluse, le nez dans les portes. Comme Raymond s'inquiétait du *Hollywood*, il l'envoya se coucher, faisant signe qu'il restait un moment veiller. Le Rouge tangua jusqu'à sa couchette, s'y écroula tout habillé et ronfla jusqu'à ce que la sonnerie de son réveil vienne l'exhumer d'un sommeil hébété, lourd comme un vin du Rhône.

Il ouvrit péniblement les yeux sur la clarté laiteuse de l'aube au travail. Il entendit les chants et les conversations des oiseaux alentour, perçut plus près de lui encore les grognements d'un chien qui traquait une puce, se souvint vaguement qu'il était batelier, en voyage vers Arles. Il s'assit sur sa couchette, et là, se remémora le reste : qu'il était vieux, bigrement vieux, qu'il s'était engagé dans un pari absurde, stupide, et qu'il allait le perdre...

Puis il se souvint de Josian, l'appela, se leva douloureusement, le chercha et ne le trouva pas.

Il l'imagina être sorti prendre l'air sur le halage.

Dehors une brume montait de l'eau en flammèches pâles et vaporeuses. Indécise, elle flottait à hauteur d'arbre, se déchirant à leurs branches, redescendant noyer les halages, les mécanismes de l'écluse et la maisonnette contiguë. Une odeur mouillée, d'humus et de feuilles vertes, une odeur d'après l'orage, une odeur de paix accueillit Raymond quand il sortit. Il la huma avec gourmandise, mais ne put apercevoir son copain ; au-delà d'une trentaine de mètres, jalousement, le brouillard gardait tout.

Il n'avait plus de café. Il déjeuna d'un verre de vin et d'une cuisse de poule à laquelle pendaient des lambeaux de sauce froide. Le Cid s'approcha, sautillant d'une patte sur l'autre comme un cheval dressé, geignit, soupira fort, dardant vers son maître un regard concupiscent que l'âge bleuissait. Il repartit avec l'os et le rappel "qu'il savait bien qu'il ne lui en fallait pas".

– À moi non plus il ne m'en faudrait pas, se disait le Rouge en contemplant le vin qui tournait dans sa main.

Il songea à sa femme, comme à chaque fois que sa consommation dérapait. Il lui avait fallu du temps et surtout la franchise courageuse de l'aumônier de la batellerie, pour qu'il admette l'alcoolisme d'Yvonne, pour qu'il renonce à la juger, à mélanger de la morale à ce qui n'en avait pas besoin et pour qu'il parvienne enfin à lui venir en aide.

Le cancer avait sauvagement interrompu ce qui leur fut une seconde découverte de l'amour, une nouvelle lune de miel tendre, plus profonde, plus apaisée, que celle de leur rencontre.

Quand la mort survint, pressée, brutale, atroce, tout alors parut s'effondrer. Mais au travers des scories informes, des décombres fumants de leur histoire et dans lesquels il butait toujours, ravagé de révolte, saignant de solitude, il venait parfois à Raymond la douce intuition, qui s'opposait pourtant à tout ce que jusque-là, il avait cru et professé, qu'ils se retrouveraient encore.

Par moments il ressentait la présence d'Yvonne avec une singulière lucidité ; il ne savait ni provoquer ni reproduire cette sensation puissante qui l'apaisait toujours. C'était une relation quelquefois fugitive comme un clin d'œil, une pression de la main ou la rosée d'un sourire, et c'était toujours initié par Yvonne. C'était parfois comme une conversation inachevée qui chercherait sa suite. C'était le plus souvent une présence simple et consolante, silencieuse et complice.

La brume fondait, s'évaporait, dévorée par le soleil qui dorait à l'or fin les garde-corps des portes, les manivelles, les joncs et les deux trente-huit mètres qui se succédaient dans les écluses, toutes proches dans cette vallée qui plongeait sur la Saône. Une quinzaine en quelques kilomètres. Raymond s'attendait à ce que Josian le rejoigne dès les premiers bassins, mais 8 heures approchaient et son ami n'était toujours pas là. Il s'était même imaginé avoir rêvé, mais l'amarrage de la nuit lui avait confirmé la présence de Josian : habitué à la basse Seine et aux marées, ce dernier, contrairement à Raymond, ne faisait jamais de clés sur les bollards, préférant des boucles, qui ne se bloquaient pas.

Mécaniquement, le Rouge enfilait les écluses, sans réfléchir au-delà de la suivante, comme on enfile des perles identiques. L'orage de la nuit – il avait dû faire un bel orage à regarder les flaques sur le halage – avait considérablement rafraîchi l'atmosphère et il ne souffrait pas de la température. Le *Hollywood* restait à deux bassins derrière, calme, comme inoffensif.

En sortant de l'écluse 23, Raymond sentit dans sa poitrine se réinstaller la douleur. Le bief dans lequel il pénétrait faisait onze kilomètres et nombre de ponts étroits le traversaient, souvent situés dans des courbes, représentant autant de pièges pour un trente-huit mètres talonné par un collègue mal intentionné.

Mais où était donc passé Josian ? Raymond se rappelait la soirée d'hier comme un souvenir de fièvre. Il avait même vérifié s'il s'était réellement servi du fusil. Une cartouche vide le lui avait confirmé.

Il passait le pont de Cheilly – avec difficulté, tellement derrière lui fonçait le jeune et lui tirait l'eau –, furieux surtout de ne pouvoir comme autrefois s'arrêter à la cave d'à côté choisir des bons vins.

Il décrocha la VHF, animé d'une subite idée :

– *Hollywood* pour le *Gueule d'amour*: si tu continues à me faire chier, à me tirer l'eau ou à faire des reflux, je me fous sous un pont, je lâche mes grappins et je bouche le canal un jour, deux jours, je m'en fous.

À mon âge, tu sais, y'a rien qui presse et personne qui m'attend. Te voilà prévenu.

Le tout débité lentement avec une voix de faubourg, à la Gabin…

Le Rouge était content de lui.

À sa surprise, ce fut une voix de jeune femme qui répondit :

– On ne veut pas vous embêter, on s'en fout de vous, mais le petit a de nouveau beaucoup de fièvre et on veut être vite à Chagny pour le docteur.

– Vous êtes où ? laissa échapper Raymond avec une voix presque aimable, ce qu'il regretta immédiatement, se maudissant de n'être pas davantage méfiant.

Mais déjà la voix répondait, sur un ton lui aussi plus conciliant.

– On a passé Saint-Gilles.

Il entendit une autre voix, lointaine, qui s'adressait à la jeune femme mais ne comprit pas le sens de ce qu'elle disait. La jeune femme reprit :

– Si vous nous laissez passer, on vous promet qu'on ne repartira pas devant vous.

Le Rouge-Gabin laissa parler Raymond :

– Ça marche, je vous laisse passer derrière le pont de Santenay.

Il manœuvrait encore que le *Hollywood* arrivait derrière lui, soulevant la surface du canal, lançant derrière lui des vagues qui couvraient les talus.

– Oh petit, ralentis quand même ! Tu vas me foutre à sec !

Le petit ne répondit rien mais Raymond vit se dissoudre la vague d'étrave et se relever l'arrière du trente-huit mètres. Et c'est à une allure normale qu'il le trémata. Raymond ne l'aurait pas juré, mais il lui sembla bien que la jeune femme, en passant devant lui, avait levé subrepticement une main timide, en forme de salut. Elle tenait son bébé dans les bras.

Il remit en route derrière eux, passa le pont suivant en terrorisant un location qui parut suffoqué qu'on pût encore autoriser de si gros bateaux dans le canal de ses vacances.

Raymond était tout heureux. Avec le *Hollywood*, toute la pression du voyage venait de passer. Sa crampe avait quitté sa poitrine, le canal redevenait le théâtre paisible de sa vie et de sa mémoire, le lieu aimé de son travail.

Et surtout, l'honneur était sauf.

– L'honneur est sauf! beuglait-il au Cid, en lui retroussant l'échine d'une poigne redevenue confiante.

De plus, quand l'autre s'était approché, il avait pu vérifier que les halogènes étaient bien pulvérisés et avait noté une jolie bosse toute fraîche sur une des épaulures.

Néanmoins, cette aventure lui laissait un goût de bile dans la bouche. Tant de brutalité, d'injures, de matériel abîmé pour arriver simplement à s'entendre dans la mesure de ce qui était essentiel. Raymond était cependant satisfait que la santé d'un petit homme de dix mois ait pu reléguer en accessoires l'orgueil et l'arrogance de gens qui faisaient pourtant le même métier difficile, et qui sûrement l'aimaient tous autant.

Il arriva à Chagny vers 18 heures, passa le *Hollywood* amarré et se fit une place au quai derrière le dernier pont. Il sortit avec le Cid en laisse, le cœur léger, acheter du pain, du café et des croquettes.

Cette nuit-là, il dormit bien, faillit ne pas entendre le réveil, prépara rapidement le café, galopa démarrer le moteur, épongea vite fait la flaque d'huile qui s'était reformée malgré les colliers resserrés la veille et lança le *Gueule d'amour* vers l'écluse qu'il atteignit à 6 heures sonnantes.

Quand il la quitta, le *Hollywood* s'en approchait. Il décida de l'appeler, par radio, pour avoir des nouvelles du petit. Malgré la pudeur, le respect humain et la crainte d'être mal reçu.

– *Hollywood* pour *Gueule d'amour* ?

– Qu'est-ce que tu veux, connard ?

Raymond en resta bête, la chique coupée, puis se ressaisissant :

– Si j'étais ton père, je ne serais pas fier de toi en ce moment.

– Ouais, mais t'es pas mon père. Et nous avons quelques comptes à régler.

– Comme tu veux, imbécile. J'ai encore des cartouches.

Un long rot, comme la dernière fois, modula longtemps ses trilles vulgaires sur les ondes de la VHF. Écœuré, croyant même percevoir une odeur d'ail, Raymond éteignit le poste.

Ils dégringolèrent une échelle d'écluses, jusqu'au bief de Fontaines, où Raymond savait qu'il pouvait être rattrapé. Il sortait du pont quand il vit derrière lui le *Hollywood* bondir de l'écluse, un nuage de fumée dense montant de l'échappement.

Le reflux souleva l'arrière du *Gueule d'amour* au moment précis où celui-ci entrait l'écluse. Raymond, sur ses gardes, ne put empêcher malgré tout le trente-huit mètres de ricocher entre les portes.

Il l'amarra et attendit avant d'actionner la tirette de manœuvre.

Il venait d'avoir une vilaine idée.

Il alla quérir un grand sac de papier, une bobine de fil de cuisine et un bidon de goudron avec lequel il peignait sa coque. Il quitta discrètement l'écluse avec la ficelle et le sac qu'il alla attacher au tablier du pont de la nationale 6, tout proche. Puis il revint au bateau et lança le cycle. Il quitta le bassin tout doucement et s'immobilisa sous le pont. Soigneusement, il remplit le sac de papier qui pendait avec plusieurs litres de goudron. Quand il s'en alla, son forfait achevé, il vit le nez de l'autre qui arrivait à l'écluse. Il entra dans la suivante et guetta, les jumelles à la main, l'arrivée de son poursuivant.

Une pieuvre noire et brillante semblait s'être accrochée à l'angle gauche de la marquise et ses tentacules dégoulinaient nonchalamment sur les vitres, la porte vernie, la gravelaine et les veules. Comme prévu, Steve était sorti à toute vitesse de l'écluse et n'avait vu le piège qu'une fois engagé sous le pont. Il lui avait été impossible d'éviter le sac qui s'était éventré, libérant son bitume.

Par curiosité, il alluma la VHF : la voix de Steve, suraiguë, y explosait en injures et menaces terrifiantes.

Raymond l'éteignit, satisfait et, tapotant le Cid sur le chef lui dit :

– *Gueule d'amour*, deux, *Hollywood*, un !

Il ne restait plus qu'une écluse avant la Saône, au bout d'un bief court, où Raymond savait que l'autre n'aurait pas le temps de tenter quelque chose. Quand il la quitta, il lui restait quatre-vingts minutes de navigation sur le canal ; les ponts n'y étaient pas étroits, il n'avait plus grand-chose à craindre.

Mais par précaution, il avait discrètement remis une cartouche dans son fusil et le gardait à portée.

# 7

Le soleil de nouveau incendiait le ciel, brûlait la campagne, chauffait les tôles du *Gueule d'amour.*

Il déboucha dans la rivière sans avoir revu le *Hollywood.* Sans doute s'était-il arrêté pour nettoyer. Raymond savait la difficulté d'effacer les taches de brai.

Il prit le courant qui était assez fort, l'étonnante succession d'orages de ce début d'août ayant gonflé la Saône. Il se sentit tout de suite mieux en retrouvant son élément. Si le canal avait son charme, il était aussi pénible à naviguer, envasé toujours, obligeant l'homme de barre à la station debout, à une veille permanente. Raymond aimait la rivière et son tracé sauvage, ses paysages ouverts et profonds, ses humeurs changeantes, sa totale féminité.

La Saône, large et profonde, grasse, déroulait ses eaux brunies entre des rives arborées et verdoyantes ; le *Gueule d'amour* lui aussi s'y sentait bien, à compter le nombre de vibrations parasites qui disparurent. Il poussait joyeusement ses trois cents tonnes, creusant du museau une ronfle profonde, repoussant une moustache rousse qui déferlait devant ses ancres, réagissant au moindre touché de barre, conservant longtemps son cap, frétillant du fanion…

Ils avaient traversé Chalon rapidement, le temps pour le Rouge de se faire reconnaître des quelques vieux bateliers encalminés là depuis des lustres et qu'il sortit, à coup de trompe, de leur torpeur ordinaire.

Il prévoyait d'atteindre Mâcon pour y passer la nuit.

L'après-midi se brûlait encore les heures à un soleil rancunier. Heureusement, une brise d'eau filait sur la rivière, pénétrant par les hublots ouverts, par les carreaux de marquise, par les vastes emmanchures du tricot de corps de Raymond qui, assis sur son tabouret, se régalait de cette navigation plus conforme à ses aspirations et à ses forces.

Il s'imprégnait des paysages traversés, comptait les cygnes par dizaines, s'étonnait du nombre élevé de cormorans. Ceux-ci pêchaient, ceux-là fuyaient à son approche, la conscience sans doute chargée, battant la surface de leurs ailes mécaniques ; ou bien, statufiés sur les grandes balises, hiératiques, le menton méprisant, ils offraient au soleil et au vent leur plumage mouillé.

Il se retournait de temps à autre, vaguement inquiet, guettant la silhouette du *Hollywood*.

Soulagé, il éclusa seul à Ormes. À Tournus, il croisa deux trente-huit mètres qu'il ne connaissait pas, des Hollandais qui remontaient lourdement. Il atteignit Mâcon alors que le soir commençait à rosir le couchant et, en se faufilant dans l'arche marinière du pont Saint-Laurent, décida de poursuivre. Le Cid, que la vessie travaillait, couina en voyant défiler les quais et les anneaux, mais le Rouge, qui se sentait de mieux en mieux au fur et à mesure qu'il s'éloignait du canal, lui cloua le bec.

– Fallait faire comme moi, prendre tes précautions! dit-il en montrant du menton un vieux pot à lait qui lui servait de pissoir lors des navigations pendant lesquelles il ne touchait pas terre entre le matin et le soir.

Il savait, dix kilomètres en aval de la ville, un petit quai sur la rive gauche, un drôle de quai, sauvage, près d'une demeure isolée que masquaient de grands arbres. Yvonne aimait cet endroit et il se souvenait d'un Noël heureux qu'ils y avaient passé, dans la petite enfance de Maurice. Il n'était pas sûr qu'il ne soit pas occupé par des yaques mais, dans ce cas, il pourrait toujours atteindre, avant la nuit noire, l'écluse de Dracé.

En arrivant à Port-Arciat, l'horizon, qui depuis Tournus luttait contre l'encerclement des nuages, s'effondra dans une mêlée bourgeonnante, fuligineuse et grondante. À l'ouest, une barre violette et sombre délimitait encore un lagon de ciel aux atolls roses et rouges que le soleil dorait, et sur lequel venaient parfois voguer des flottilles d'oiseaux. Quelques kilomètres encore et la maison lui apparut, à demi dissimulée derrière ses grands arbres. Un bateau, un grand voilier blanc, était amarré devant, ce qui le contraria vivement, jusqu'à ce qu'il vît qu'il s'était placé à l'extrême pointe du quai, laissant suffisamment de place pour un bateau comme celui de Raymond. Il vira donc dans le courant et remonta jusqu'au quai, jusqu'au voilier d'où un jeune homme souriant sortit pour lui prendre les cordes.

Raymond apprécia, car les anneaux sont difficiles à utiliser rapidement par un homme seul et le courant était assez fort. Il remercia, répondit de bonne grâce aux questions du jeune homme – que la batellerie de commerce intéressait visiblement –, partagea avec lui deux canettes de bière qu'il sortit du frigo.

Les deux hommes parlaient tour à tour, posément, comme si à présent rien ne comptait davantage que cet échange : le vieux, les yeux lourds, assis sur un bollard, la porte de marquise ouverte laissant voir l'ameublement de pichpin, le grand macaron cerclé de cuivre, les géraniums, les cadrans, les boutons, les manettes qui faisaient penser aux vieilles locomotives du temps de la vapeur et, devant lui, assis en tailleur sur le quai, les cheveux bouclés, les pieds nus, la voix chantante, le jeune marin qui le mangeait des yeux.

Quand les premières gouttes de pluie étoilèrent le quai, une jeune fille vint les rejoindre, une jeune fille aux pieds nus, aux yeux bleus, aux cheveux blonds et aux épaules rouge vif.

– Bonsoir, dit-elle à l'adresse du marinier, puis, comme s'il se fût agi d'une chose habituelle et évidente, elle annonça mais aux deux hommes cette fois : salade de tomates et pâtes à la forestière. J'espère que cela vous plaira. Et regardant Raymond : c'est prêt dans dix minutes. Si vous avez du pain, ce sera bienvenu, il ne nous en reste qu'un croûton.

– Oui, venez ! rajouta le garçon qui venait de recevoir l'air effaré de Raymond. Ça nous ferait plaisir...

Raymond en avait été étonné, mais restait mi-contrarié mi-satisfait.

De cette escale, il attendait une morbide exaltation de sa mémoire ; il s'était préparé à une plongée mélancolique dans le bonheur passé, il comptait y boire une décoction douce amère de tendresses perdues et de remords enlacés. Or, et bien que son passé y soit présent, mais en filigrane, comme pour en marquer le sens, c'était la vie qui l'avait accueilli : forte, surprenante et inattendue. Le jeune homme bouclé qui l'avait écouté comme on écoute un père lui donnait l'impression fugitive que quelque chose de Maurice était resté ici lors de la dernière escale, s'y était développé harmonieusement à l'ombre frémissante des saules, veillé par le clapot paisible de la rivière, à l'abri des déconvenues et des colères du père... C'était Maurice magnifiquement préservé, c'était l'image pure du fils rêvé, le clone miraculeux qui venait le panser de ses blessures paternelles, et Raymond s'était abandonné à ce mirage délicieux.

Quand la jeune femme les avait rejoints, simple, souple, douce, c'était Yvonne qu'il avait revue, ondulant dans ses jupes colorées, la taille fine, les épaules musclées balayées par la flamme de ses cheveux attachés. Yvonne ou plutôt la belle-fille rêvée, la maman idéale des petits-enfants qu'ils auraient pu avoir, la belle continuité de leur sillage, de leur sillage bientôt dissous.

Le Rouge venait de changer de débardeur et s'appliquait à peigner vers l'arrière un épi têtu qui résistait à la pommade capillaire dont il s'était abondamment enduit. Il s'aspergea d'eau de Cologne, fit bouffer ses favoris, souhaita une bonne nuit au Cid qui boudait sur sa serpillière et, attrapant le pain et sa dernière bonne bouteille, affronta l'averse pour rejoindre le voilier.

Il eut un peu de peine à s'y introduire, ne sachant si son ventre négocierait mieux le passage s'il descendait de face ou en arrière. Finalement, il put s'asseoir dans le carré, étonné d'y trouver tant de place, heureux de tout ce bois vernis, satisfait du léger balancement qui encensait leurs ombres.

Le repas était simple et bon, comme l'étaient Claire et Benjamin.

À un moment, des bruits de moteur et d'eau brassée se mêlèrent à ceux de l'orage. Par un hublot où pleuraient de longues traînées de pluie, ils virent les feux d'un trente-huit mètres qui descendait. Raymond reconnut le *Hollywood*, mais ne voulut rien en dire, refusant d'introduire de la haine et de la fureur dans l'exquise douceur de la soirée.

Il fut bien sûr longtemps question de bateau mais, à la surprise de Raymond, le domaine technique où il était à l'aise fut rapidement délaissé et les questions ou réflexions de ses auditeurs s'appliquèrent à ce qu'étaient la vie, la peine, l'espérance des bateliers.

Le bateau était pour eux un mode d'existence, un choix de vie, l'expérience d'une réalité sans racines. De sa voix douce, Claire redit qu'elle y avait encore du mal, que si les racines avaient pour inconvénient redoutable de l'attacher à un sol, à un pays, à une histoire, elles avaient aussi pour fonction de nourrir, et souvent elle redoutait la diète de ce long glissement errant qui les avait emportés depuis quelques années. Ils avaient traversé des mers, rencontré des tempêtes sous toutes les latitudes, mais se ressentaient aussi comme d'éternels touristes et en ce sens désolidarisés des milliards d'homme qui se devaient de gagner leur pain. Benjamin souhaitait donc vivre du bateau, dans la société des hommes, et non plus seulement vivre dessus, à côté de ses semblables. En ce sens, devenir marinier lui semblait une alternative enviable, voilà pourquoi il questionnait Raymond avec passion.

Ce dernier, décontenancé, répondait comme il pouvait. Et à un certain moment, il ne put que leur raconter sa vie.

Il ne la rapporta pas comme ces bavards, passionnés d'eux-mêmes et qui vous font l'aumône du récit enthousiasmant de leur existence, ou de la relation du choix intelligent de leur automobile, ou encore du diagnostic complet de leurs misères intestinales, convaincus qu'ils sont d'être une saga à eux tous seuls, de figurer le sens caché du monde, de peindre la fresque qui résume toute l'humanité. Non, Raymond dit le Rouge leur raconta sa vie de batelier comme un humble exemple, sans cacher trop les soucis, les désappointements, sans masquer les galères, sans oublier les peines, les peurs, les colères aussi.

Mais il leur raconta les bonheurs puissants des transports lointains, les nourritures fortes des voyages dans la crue, les matins blêmes sur la Zélande, dans le sillage effrayant des grands cargos, les joies intimes des rivières tranquilles, les rencontres étonnantes qui se font sur les canaux, les apéros qui durent toute une nuit, l'étonnante solidarité des gens de l'eau comme leur venimeuse jalousie. Il leur raconta tout, ne garda rien pour lui, leur dit pour Maurice et aussi pour Yvonne et éclata en pleurs, en sanglots épais et bouillonnants, en longs spasmes de chagrin, s'inondant de larmes incoercibles, de reniflements éperdus, de bredouillis incohérents.

Claire et Benjamin accueillirent avec respect ce débordement du vieux marinier, recevant là l'ultime témoignage de sa solitude, le lourd héritage d'une vie d'homme.

À 2 heures du matin, entre deux hoquets, Raymond finit son dernier verre de rhum et en titubant, après les avoir embrassés, après les avoir appelés mes enfants, regagna son bord, où il s'endormit, vidé, rincé, soulagé, malgré la bouderie du Cid.

Ce fut un imperceptible balancement, et aussi le frôlement de la coque sur des graviers, qui l'alertèrent. Il s'assit sur sa couche, hirsute, les tempes cognant encore de rhum et fixa la ligne noire des arbres.

Elle se déplaçait.

C'était donc le bateau qui bougeait; Raymond n'était pas assez soûl pour imaginer les saules transhumer à la faveur d'une nuit sombre.

Il se leva et sortit sur les veules. Le trente-huit mètres dérivait dans la nuit, quelque part sur la rivière où, savait-il, se cachait le barrage de Dracé.

Il bondit dans sa machine, refusa de regarder là où se perdait l'huile, démarra le DK6 et retourna le plus rapidement qu'il put dans sa marquise. Il alluma le fouilleur qui lui confirma qu'il était bien sur la rivière. Mais où ? En se retournant, il devina la masse d'un pont qui approchait et reconnut à sa silhouette celui de Saint-Romain. Il le négocia en marche arrière, pratiquement à l'aveugle, sentit le frôlement des arches, le feulement du courant entre les piles. Une fois derrière, il retourna le *Gueule d'amour*, lui mit le nez dans le courant et, à tâtons, en se fiant aux lignes des berges, plus sombres, et à la lumière que transpirait encore la rivière, il décida de rallier Dracé et son écluse. D'ailleurs sa montre-bracelet annonçait bientôt 5 heures et, vers l'est, l'aube doucement diluait la lumière d'un jour naissant.

Le pont de Thoissey arriva, silhouette noire gravée sur fond de gris. Derrière était l'écluse, Raymond le savait. Il s'approcha comme elle s'éclairait : l'éclusier avait pris son service, la porte s'ouvrait, Raymond y poussa le *Gueule d'amour*. Fugitivement il aperçut la silhouette du *Hollywood* amarré sur les ducs-d'albe. Il dut à la hâte nouer une boucle à une amarre, les deux ayant été tranchées net, sans doute avec un rasoir.

Comme il sortait du bassin, apercevant au loin les trois feux en triangle d'un pousseur qui montait, l'éclusier l'appela sur la VHF.

– Le trente-huit mètres sortant pour écluse de Dracé ?

– Oui monsieur, je vous écoute.

– Vous n'êtes pas le *Hollywood* ?

– Ça non, je vous le jure ; moi, c'est le *Gueule d'amour*.

– Parce que le *Hollywood* m'avait commandé la régule de 5 heures et j'ai pas réagi que ce n'était pas lui ; j'ai vu un trente-huit mètres, j'ai envoyé la manœuvre.

– Vous avez bien fait, c'est lui qui m'a envoyé à sa place. Hier au soir il était soûl comme un cochon. Mais ça, il ne s'en vantera pas. Il m'a dit, "prends donc ma régule". Vous lui rappellerez, il ne dira rien.

– Je ne sais pas, parce qu'il est devant mes portes et que maintenant j'ai un pousseur dessous…

– Vous faites pas de bile, on arrivera tous ensemble à Noël…

– Ouais, sans doute, enfin bonne descente à vous.

– C'est ça. Merci et à la prochaine !

– Oh, le trente-huit mètres avalant, ça vous ennuierait de mettre vos feux !

Raymond bafouilla des excuses à l'adresse du pousseur, alluma ses feux de navigation.

# 8

Et Raymond dit le Rouge commença à repasser les événements de la nuit.

D'abord il réalisa qu'il était à poil, que ses vêtements étaient restés près du lit et qu'il lui faudrait lâcher la barre pour descendre les chercher.

Ensuite il commença à pénétrer l'impensable. Un marinier – bien qu'il doute que l'appellation se justifie encore – était venu couper les cordes d'un bateau, de nuit, à l'amont d'un barrage. Et ce bateau était le sien.

Jamais de toute sa vie Raymond se souvenait qu'une telle vilenie ait pu être le fait d'un batelier. D'un d'"aterre" et déséquilibré, oui. Cela se produisait même de plus en plus. Mais de la part d'un marinier, il ne pouvait l'admettre.

Une nausée affleurait ses dents, ses tempes battaient toujours un rythme afro-cubain et le Cid le regardait d'un air drôle.

En passant devant Montmerle, une saute de vent ouvrit la porte de la marquise. Un pêcheur le regarda avec des yeux ronds. Il se souvint qu'il n'avait toujours rien sur la peau et imagina le spectacle qu'il offrait, ventru, velu, la marque du marcel en blanc sur fond brun, comme celle du short illuminant son postérieur.

Il fila chercher des habits dans la ligne droite d'avant Villefranche, rafla une poignée de gâteaux dans la boîte mais ne put se faire de café. Quand il fut remonté dans sa timonerie, sautillant pour enfiler son short, il aperçut le *Hollywood* cinq cents mètres derrière lui, poussant une grosse vague. Un cargo s'annonçait montant pour les ponts de Villefranche. Le *Hollywood* ne tenterait pas de le passer ici.

La décision du Rouge était prise, totale et définitive. Lui vivant, le gamin ne le passerait pas avant Arles.

Même s'il devait tuer pour ça.

Une forme de folie s'était emparée de Raymond; le duel supplantait la réalité. Il se devait de gagner, pour Maurice, qui le regardait, pour Yvonne, pour Claire et Benjamin. Pour toute la batellerie aussi : il était le héraut du tour de rôle, le champion de la batellerie artisanale, et tous ses amis comptaient sur lui.

– Vous en faites pas, les gars ! Le Rouge se laissera pas faire ! T'entends, Tiennot ? Regarde bien, Josian !

Il lança le *Gueule d'amour* sur la gauche pour couper la route au *Hollywood*. Surpris, celui-ci ralentit, puis relança son bateau vers la droite, mais Raymond avait anticipé sa manœuvre et se déportait devant lui.

– Attention, ricana-t-il dans la VHF, c'est plus du petit plomb ! Les gros nuisibles c'est à balle qu'on les exécute !

Sa voix même avait changé. Elle était aiguë, exaltée, sifflante. Steve le sentit et prudemment resta derrière, réfléchissant.

Raymond s'échauffait tout seul. Il avait accéléré, et une fumée noire accompagnait le *Gueule d'amour* dans ses évolutions. Dans sa poitrine la crampe le mordait à pleine gueule, sans repos. Le Cid le dévisageait, peiné.

Steve reprit l'offensive entre Trévoux et Neuville. Le *Gueule d'amour* ne sembla pas réagir. Le *Hollywood* le trématait sûrement, quand Steve vit le Rouge sortir de sa timonerie le fusil à la main et tirer vers lui. Le phare orientable disposé sur le toit de la marquise explosa, dispersant une grêle de morceaux de verre tout autour. La jeune femme hurla et à son tour, le bébé se lança comme une sirène. Affolé, Steve coupa les gaz, laissant le *Gueule d'amour* se dégager. À la barre, il voyait Raymond s'agiter comme un dément, le fusil dans une main.

– La prochaine, c'est dans ta gueule ! glapit la radio.

– Vous êtes complètement cinglé ! vociféra dans le combiné la femme de Steve. Il y a un bébé à bord.

Les hurlements du bébé confirmèrent ses dires.

– Et quand vous avez coupé mes cordes, vous vous êtes préoccupés de qui dormait dans le bateau ? Salauds ! Y'avait Maurice à bord ! Bande de fumiers ! Y'avait Maurice !

– C'est quoi ce qu'il raconte ? demanda alors la jeune femme à Steve, pendant que la VHF continuait de débiter des injures.

– Rien, il ne sait pas ce qu'il dit, tu le vois bien, répondit Steve, gêné.

– C'est là-bas que t'es allé cette nuit ? s'indignait à présent la jeune femme. T'as pas fait ça Steve ? T'as pas coupé les cordes au vieux ?

– Y s'est gêné pour nous balancer du gaz à la gueule, ce fumier ?

– Tu lui as coupé les cordes ! Avec le courant qu'il y avait ! Et le barrage !

– Il en est pas mort, tu le vois bien. C'est lui qui a failli me tuer tout à l'heure.

– C'est dégueulasse Steve ! Vous êtes tous des dégueulasses ! Et elle redescendit en larmes dans son logement, le petit braillant à s'éclater la glotte.

La VHF gueulait maintenant une *Internationale* très approximative tant au point de vue des paroles que de la musique.

Puis Steve, effrayé, vit de nouveau le marinier du *Gueule d'amour* sortir le fusil à la main. Insensiblement il s'en était rapproché sans y prendre garde, absorbé par la recherche d'une stratégie adaptée. Raymond porta l'arme à l'épaule, mais se prit les pieds quelque part et Steve le vit tomber lourdement. Le fusil rebondit sur le plat-bord et chuta dans la rivière. Steve souffla longuement, le cœur battant encore très fort. Il vit le vieux se relever difficilement, saignant de la bouche, tandis que son bateau filait vers la rive.

– Son fusil est tombé à l'eau ! hurla Steve à sa femme qui ne répondit pas.

Le *Gueule d'amour* reprit une trajectoire normale et ils arrivèrent à l'écluse de Couzon, le *Hollywood* malgré tout restant prudemment derrière.

Le Rouge resta terré dans son bateau tout le temps que dura la bassinée, ce qui ne manqua pas de surprendre et d'inquiéter Steve.

Il réapparut à l'ouverture des portes, embraya et sortit rapidement. Il prit vers le milieu de la rivière dès qu'il put, le courant issu du barrage poussant fort vers la rive gauche. Le *Hollywood* sortit derrière, gardant l'affût. Il ne pouvait rien tenter avant la sortie des ponts de Collonges. Une fumée noire enveloppait le cul du *Gueule d'amour* sur lequel Raymond avait mis tous les gaz. Le bateau vibrait de tous ses rivets et une belle ronfle lançait un éventail de vagues qui s'éclataient sur les berges, arrosant des pêcheurs mécontents. Raymond ne les voyait pas. Il ne voyait que le *Hollywood* derrière lui et ses amis qui, dans la marquise, applaudissaient à sa détermination. Il voyait Maurice, fier de lui, qui lui criait :

– Vas-y papa !

Il ne voyait pas non plus dans la machine, la durite qui, inexorablement, se dégageait des colliers de fortune et lâchait de plus en plus d'huile.

Ils filèrent sous les ponts de Collonges, mais Steve hésita à le passer avant l'île Barbe tellement ils avaient pris de la vitesse. "Je l'aurai à Vaise", se dit-il, là où la Saône s'élargit comme un fleuve avant de descendre la ville de Lyon.

Sitôt sorti de la passerelle de l'île Barbe, le *Hollywood* accéléra. Ses trois cent quatre-vingts chevaux grondèrent et, poussant devant lui un mur d'eau qui déferlait en une vague énorme, il se déporta sur la droite et remonta le *Gueule d'amour.* Raymond, dont le visage carmin transpirait une sueur étrange, dont les yeux exorbités brûlaient d'une lumière féroce, venait de ralentir légèrement et surveillait la manœuvre de son poursuivant. Il attendait que son hélice atteignît le nez du *Gueule d'amour,* qu'elle se trouvât exactement à la hauteur du creux de son remous d'étrave, pour déporter rapidement son bateau sur sa droite et coller le nez au ras du cul du *Hollywood,* capturant son bouillon d'hélice dans le profond de la ronfle.

– Ça y est, t'es pris, salopard ! Maintenant on va rigoler.

Quand Steve, qui était sûr de sa victoire, s'aperçut que son bateau était freiné, prisonnier du remous de l'autre, il ne se crut pas en difficulté. Il lui restait encore de la puissance. Il accéléra encore, et encore, jusqu'au maximum des tours moteurs. À son tour le *Hollywood* vibra, fuma, mais ne parvint pas à se décoller du *Gueule d'amour.* Steve s'inquiétait maintenant du pont qui au loin divisait la rivière de son énorme pile. Quand il se retournait il lui semblait remorquer le Rouge tellement les deux bateaux étaient proches. Une vilaine fumée entourait l'arrière du *Gueule d'amour,* comme un châle de deuil. Derrière le macaron, il voyait s'agiter la tête et les lourdes épaules de Raymond.

Raymond exalté, Raymond oppressé, qui haletait en gueulant :

– T'es pris fumier ! Tu le connaissais pas ce truc ! Dommage pour toi qu'il y ait le pont !

En bas dans la machine, l'huile fuyait maintenant en un jet continu.

Avec son bébé enfin calmé dans les bras, la jeune femme de Steve l'avait rejoint dans la timonerie.

– Arrête de faire le con, tu ne vois pas le pont Mazarick !

Steve ne voyait que lui maintenant, et sa grosse pile en maçonnerie qui s'approchait dangereusement.

– Je ne peux rien faire ! Je ne comprends pas !

– Tu te fais sucer ! Ralentis ! Dégage-toi !

Steve coupa les gaz et tenta de s'éloigner. Le *Gueule d'amour* coupa les siens et le suivit fidèlement, le maintenant dans la trajectoire de la pile. Steve réaccéléra. Un gros bouillon bourgeonna derrière le *Hollywood* dont l'arrière s'enfonça. Une volute de fumée encore plus noire quitta le *Gueule d'amour*; Raymond avait relancé toute sa machine. Le *Hollywood* restait pris. Les deux bateaux n'étaient plus qu'à quelques centaines de mètres du pont, lancés à toute vitesse sur une Saône elle-même en légère crue.

– Arrêtez je vous en supplie ! cria la jeune femme dans la VHF ! Arrêtez ! Par pitié pour mon bébé !

Raymond qui, dans le QG de sa marquise, s'entretenait avec Maurice, Josian et Tiennot, tel un général au cœur de la bataille, entendit à peine la VHF. Mais un sursaut de lucidité lui fit quand même prêter l'oreille.

– Pitié pour mon bébé !

La voix hurlait de peur et de désespoir. C'était une voix de mère, la voix de toutes les mères, c'était la voix de l'humanité toute ici incarnée et, au même moment, Raymond entraperçut un visage blême, terrifié, s'encadrer dans la fenêtre de la timonerie.

– Pitié pour mon bébé !

Dans la marquise du *Gueule d'amour*, il n'y eut plus que Raymond, cette voix et le Cid qui gémissait.

Les fantômes s'étaient retirés. Seuls sur la Saône fonçaient les deux trente-huit mètres, face au pont Mazarick qui les attendait.

– Mon bébé ! Pitié pour mon bébé !

Les mots, dans l'esprit de Raymond, perdaient peu à peu de leur abstraction, se chargeaient de sens, se revêtaient de chair. Il coupa les gaz et entraîna son bateau sur la droite. Le *Hollywood* se dégagea à temps, rasa la pile du pont et fila devant.

Il était passé.

Le *Hollywood* était devant.

# 9

C'était bien plus qu'une crampe, maintenant, mais un formidable étau qui broyait Raymond. Il en eut le souffle coupé, et des points brillants dansèrent un sabbat enragé devant ses yeux. En bas, la durite lâcha. Un flux d'huile brûlante se répandit sur les tôles de la machine. Raymond s'accrocha à son macaron, comme un naufragé, franchit le pont Clemenceau, et chuta lourdement sur le plancher, renversant son pot à lait.

La douleur augmentait encore; il voyait un point rouge monter lentement du fond de sa conscience, s'agrandir, s'agrandir encore. Il comprit que quand il s'y ensevelirait, tout serait fini. Il pensa à Maurice, à Yvonne, à son pari stupide. Le Cid avait sauté à terre et lui léchait passionnément le visage en pleurant. Ses cheveux baignaient dans l'urine renversée, une écume blanche moussait à ses lèvres, il voulut dire, mais rien ne sortit de ses dents serrées.

Le *Gueule d'amour* s'était mis doucement en travers de la Saône et dérivait sous le pont La Feuillée. Au-dessus, insensibles, les immeubles des quais à qui la Saône, troublée, refusait un reflet, cherchaient leur fard dans l'or de ce matin d'été.

Il frappa brutalement de l'arrière sur une des piles du pont suivant et, en tournoyant dans les remous, gagna le pont Bonaparte. Il frottait maintenant le quai en rive gauche, sans moteur, et son nez s'engagea sous la demi-arche du pont. Le courant plaqua son grand corps, le tordant contre la pile. Le choc fit rouler le Cid contre la porte. Il glapit de terreur. Le bateau se vrilla et la Saône se rua dans la cale, engloutissant l'engrais, enfonçant le *Gueule d'amour.*

Raymond le Rouge ouvrit une dernière fois les yeux, vit l'eau sale venir balayer la marquise, le chien, et cria :

– Maurice !

L'arrière s'enfonça en premier, en se couchant. Le nez émergea encore quelques secondes, hissant désespérément ses ancres au-dessus des remous, puis fut englouti dans des sifflements d'air.

Toute la journée, de longues traînées irisées descendirent le courant, de longues traces d'huile et de fuel qui partaient rejoindre Arles.

## Glossaire

**Amarres et Aussières** – Robustes cordes servant à amarrer le bateau.

**Aminteau** – Barre franche; a été remplacée par la barre à roue appelée macaron.

**Avant et arrière (faire de l')** – Agir sur la rotation de l'hélice commandée par l'inverseur.

**Avalant et montant** – Descendant ou remontant le courant.

**Bajoyer** – Mur de l'écluse.

**Ballast** – Réserve d'eau servant de lest. Marcher au grand ballast: naviguer avec le bateau très enfoncé sur l'arrière par une centaine de tonnes d'eau de ballast.

**Barge** – Bateau non motorisé, destiné le plus souvent à être poussé.

**Bassinée** – De "bassin" de l'écluse. Manœuvre de remplissage ou de vidage. Appelée aussi **sassement.** Quand il n'y a pas de bateau dans le bassin pendant la manœuvre, on parle alors de "fausse bassinée".

**Bief** – Portion de canal ou de rivière entre deux écluses.

**Bief de partage** – Bief supérieur d'un canal point de partage, où parvient l'alimentation en eau.

**Bollard ou boulard** – Dispositif d'amarrage, sur un quai ou sur les bateaux.

**Bordaille** – Partie verticale de la coque d'un bateau.

**Bourse** ou **bureau d'affrètement** ou **bureau de tour** – Local où sont gérés les frets selon l'ordre d'arrivée des bateaux, selon le **tour de rôle.** Plusieurs séances hebdomadaires. La Bourse, essentielle dans la vie de la batellerie, a été supprimée en 2000.

**Burle** – Vent du nord en Aubrac.

**Cabine** – Logement qui peut être en dunette ou en reu.

**Chargé** – Bateau chargé de marchandises, à l'enfoncement de 1,80 m à opposer à **lège,** bateau vide, "sur la peau de l'eau", et donc très sensible au vent et quasiment privé d'arrière.

**Cigarette** – Petite charge de poudre que l'on introduit, avant le démarrage, par des lumières en haut des cylindres de certains moteurs pour en faciliter l'explosion.

**Commerce** – Bateau de transport de marchandises. S'oppose à plaisance. On dit "un commerce".

**Contremaître à la part** – Marinier travaillant pour un propriétaire de bateau et se payant au prorata du chiffre d'affaires. Équivalent de fermier en agriculture.

**D'aterre ou dater** – Ceux qui ne sont pas bateliers, qui sont d'"à terre".

**Devise** – Nom du bateau.

**Divers** – Bateau de transport de marchandise non spécialisé dans un type de fret. “Un divers.”

**Denbords** – Voir **hiloires.**

**Donner des tours** – Accélérer le régime du moteur.

**Duc-d’albe** – Important dispositif d’amarrage consistant en de gros cylindres métalliques ou pieux de bois, souvent reliés entre eux et qui accueillent les bateaux pour l’amarrage, dans le lit des cours d’eau. Un **pieu** en langage batelier.

**Dunette** – Logement arrière, mais dépassant du pont.

**Écoirre** – Pièce de bois ou de fer, servant à éloigner la coque d’un bateau de la berge.

**Écoutille** – Panneau cintré qui recouvre la cale. Le plus souvent métallique.

**Écubier** – Ouvertures ménagées de chaque côté de l’étrave pour le passage des chaînes d’ancres.

**Épaulures** – Tôles formées (arrondies) reliant la bordaille à l’étrave.

**Fargues** – Tôles en saillie, à l’avant, où est inscrite la devise du bateau.

**Freycinet** – Du nom du ministre qui, au XIXe siècle, a réalisé la standardisation du gabarit des écluses en France (39 m × 5,20 m). Par extension, nom donné aux bateaux de ce même gabarit.

**Gaz** – Nom donné au goudron à base de brai de houille avec lequel sont peintes les coques des bateaux.

**Gravelaine** – Passage étroit aménagé sur certaines péniches devant la timonerie et qui relie les plats-bords dans la largeur.

**Hiloires** – Surélévations en tôle des bords de la cale et qui reçoivent les écoutilles.
**Houpion** – Balai de pont en franges textiles, pour la finition du nettoyage.
**Lège** – Bateau vide.
**Lône** – Bras mort de la rivière ou du fleuve. Nom local dans le bassin Rhône-Saône.
**Macaron** – La barre à roue, sur les bateaux de navigation intérieure.
**Machine** – Salle des machines, par extension.
**Marquise** – Poste de pilotage, on dit aussi **timonerie.**
**Masses (d'écluse)** – Massif de maçonnerie, en saillie de chaque côté des portes.
**Mécanique** – Le moteur.
**Meuille** – Grand remous tournoyant.
**Mouillage** – Profondeur disponible d'eau, ou hauteur de la partie immergée d'une coque.
**Musoir** – Ouvrage de maçonnerie qui s'avance dans le courant. Souvent devant les grandes écluses.
**Oule (l')** – La cale.
**Panneaux** – Écoutilles.
**Patte d'oie** – Estacades devant certaines écluses où se garent les bateaux en attente d'éclusage.
**Plat-bord** – Bande étroite de circulation autour du bateau. Relie les veules avant aux veules arrière.
**Pic ou peak** – Extrême avant, ou arrière de la coque, fermée par une cloison étanche, souvent aménagée en cabine matelot pour l'avant, en ballast pour l'arrière.
**Péniche** – Automoteur de canal au gabarit Freycinet. Terme très rarement utilisé par les mariniers.

*Synonymes :* **trente-huit mètres**, **Freycinet** et tous les noms de chantier de construction. *Ex. :* un **Plaquet**, un **Strasbourg**, etc.

**Pieu** – Voir **duc-d'albe.**

**Pointil** – Bande de terre ou d'alluvions entre le confluent de deux cours d'eau.

**Reu** – Logement arrière du marinier quand il est entièrement contenu dans la coque.

**Ronfle** – Remous d'étrave provoqué par la marche du bateau. Plus celui-ci marche fort, plus profonde est la ronfle.

**Rouf** – Du néerlandais *roef.* Toit du logement, voire, par extension, tout le logement du bateau.

**Safran** – Partie immergée du gouvernail.

**Sagne** – Roseau en Camargue.

**Sailor** – Marque très populaire de radio marine (VHF).

**Sauterelle** – Instrument spécifique des bateaux de canal permettant de se débarquer, quand le bateau, enfoncé, est à plusieurs mètres de la rive. Fonctionne comme un bras de compas horizontal.

**S'engraver** – S'échouer sur un banc de graviers.

**Surestaries** – Indemnités d'immobilisation, versées au marinier par le client si celui-ci ne peut décharger le bateau dans les temps.

**Sommier** – Poutre métallique longitudinale au milieu de la cale, sur laquelle reposent les écoutilles.

**Tabernacle** – Grand coffre de rangement de la taille d'une écoutille.

**Trente-huit mètres** – Automoteur au gabarit **Freycinet.**
**Tillac** – Plancher de la cale, quand il est métallique.
**Tinette** – Petit seau avec sa corde pour tirer de l'eau.
**Trémater** – Doubler, en navigation.
**Vaigrage** – Garniture intérieure de la coque.
**Veules** – Parties plates à l'avant et à l'arrière du bateau.
VHF – Radio permettant de communiquer de bateau à la terre et de bateau à bateau.
**Yaques** – Du néerlandais. Tout bateau de plaisance.
**Yeck** – Crochet et pointe métallique emmanchés sur une longue perche de bois. Gaffe.

*Remerciements*

Ce livre appartient tout entier à Pascale, Florence et Cécile, Fées par nature, Marraines par vocation.

Il n'existerait pas sans Bruno Savin, éditeur d'un jour mais ami de toujours.

Toute ressemblance avec des personnages ou des événements passés, présents ou futurs ne saurait être que fortuite et prouverait une fois de plus que la réalité rejoint souvent la fiction.

Bernard GIRAUDEAU
*Les Hommes à terre* (N°123)

Bruno POISSONNIER
*Le Dernier Voyage* (N°138)

Serge QUADRUPPANI
*Corps défendant* (N°46)
*La Nuit de la dinde* (N°74)
*Au fond de l'œil du chat* (N°127)

Jean-Marie THIVEAUD
*La Nuit des monstres* (N°119)

*Cet ouvrage a été composé par*
*Atlant'Communication*
*aux Sables-d'Olonne (Vendée)*

Achevé d'imprimer par
Corlet Imprimeur
N° d'édition : 24138001 – N° d'impression : 108572
Dépôt légal : février 2008

*Imprimé en France*